林中　木屋

Im Wald,

im Holzhaus. Gedichte

LINZHONG MUWU

[德] 米夏埃尔·克吕格　著　胡蔚　译

Michael Krüger

青海出版传媒集团

青海人民出版社

图书在版编目（CIP）数据

林中木屋 ／（德）米夏埃尔·克吕格著；胡蔚译.
西宁：青海人民出版社，2025. 7. -- ISBN 978-7-225
-06913-5

Ⅰ. I516.25

中国国家版本馆 CIP 数据核字第 2025KK3430 号

林中木屋

（德）米夏埃尔·克吕格　著

胡蔚　译

出　版　人　樊原成

出版发行　**青海人民出版社有限责任公司**

西宁市五四西路71号　邮政编码:810023　电话:（0971）6143426（总编室）

发行热线　（0971）6143516／6137730

网　　址　http://www.qhrmcbs.com

印　　刷　青海德隆文化创意有限责任公司

经　　销　新华书店

开　　本　880mm×1230mm　1／32

印　　张　6.125

字　　数　100 千

版　　次　2025 年 7 月第 1 版　2025 年 7 月第 1 次印刷

书　　号　ISBN 978-7-225-06913-5

定　　价　42.00 元

Michael Krüger

Im
Wald,
Gedichte im
Holzhaus
Suhrkamp

Michael Krüger
(Original German title:
Im Wald, im Holzhaus. Gedichte)
Publication date: 18 July 2021
© Suhrkamp Verlag Berlin 2021

原书封面与版权说明

作者自述

这部诗集的所有诗歌完成于 2020 年施塔恩贝格湖东岸的一个小木屋中。因为隔离的需要，我和阿利亚纳不能离开这里，除了医生和邮差，也不能接待任何访客。诗集第一部分的诗歌每周刊登在《南德意志报》的周刊上。我非常感谢《南德意志报》的出版人，尤其是我的编辑嘉布里艾拉·赫尔佩尔 (Gabriela Herpell)，她和我一样惊讶于诗歌发表获得的巨大反响。每周的发表让我的生命意志得以保持活力。另一部分诗歌发表在柏林艺术科学院出版的著名杂志《意义和形式》(Sinn und Form) 上。

我也要感谢我的朋友，任教于苏黎世理工大学的建筑家和艺术家，彼得·迈尔克利 (Peter Märkli)。他为本书设计了封面。希望有一天能举办一场展出他作品的盛大展览，我想写写这些画作，它们当然无法掩盖其作为建筑师的身份，但它们又远远超越了建筑图纸的范畴。

M. K.

从疼痛的现实最终抵达精神的高地

——2025 年度"1573 金藏羚羊国际诗歌奖"颁奖词

"1573 金藏羚羊国际诗歌奖"评委会主席 吉狄马加

德语诗歌，或者说德语家族的诗歌，这里指的是包括现在的德国本土、奥地利本土、所有德语世界的诗歌，毫无疑问它们是迄今为止人类诗歌遗产里，一个令人瞩目的组成部分。这一诗歌传统，可追溯到中世纪，从巴洛克时期十四行诗的典雅抒情，到歌德、荷尔德林的庄严肃穆，再延续到以海涅为代表的 19 世纪德语诗歌的群星璀璨，可以毫不夸张地说，这个语言家族从来就毫不吝啬地、一直在给我们贡献出具有罕见创造力的伟大诗人，对此不必再去作更细赘述。离我们最近的 20 世纪直到当下，里尔克、特拉克尔、霍夫曼斯塔尔、布莱希特、戈特弗里特·本恩、策兰、恩岑斯贝格等人的作品，更是让德语诗歌成为我们这个星球诗歌版图上最迷人生动的部分之一，我说这一切，其实就是要告诉大家，已经被传递到了今天的这一具有强大生命力诗歌谱系，仍然充满着丰沛不竭的能量，在这些薪火相传者中，我们不用费力就能一眼看到，诗人米夏埃尔·克吕格的身影以及他呈现给我们内涵沉厚并极具辨识度的诗歌形象。

米夏埃尔·克吕格，1943 年出生于德国萨克森州，成长于冷战时期的西柏林。作为诗人，他已经历了大半个世纪的诗歌写作生涯，2023 年获得了德语国家桂冠诗人称号。他与那个时代的大多数诗人一样，经历过对战争造成的阴影以及人类陷入其自身制造的重重困境的深切思考，尤其是二战后德国的分裂状态，很长时间这里更是东西方两大阵营冲突博弈的中心，这一危机四伏的现实，无疑对诗人的写作产生过深刻的影响，诗人的作品让我们能清晰地看到，从一开始投身于诗歌，他就是一个关注人类生存状况和命运安危的诗人，这或许亦是他一切诗歌修辞最重要的出发点，从其在隔离患病的状态下，完成于 2020 年的《林中木屋》这部杰作中，我们完全可以更直接地从语言和形式的背后，感受到以疾病构成的隐喻，是如何将现实的存在与荒诞、世界的无序和分裂以及战争给人类带来的伤害，在其诗歌中对生命存在的意义作终极叩问，其作品将个体复杂的生命经验，尽最大的可能融入了人类生活更广阔的场域，从疼痛的现实最终抵达精神的高地。仅此一点，我们就可以不用迟疑地判断，米夏埃尔·克吕格是我们这个时代最重要的诗人之一。

有鉴于此，青海湖诗歌节"1573 金藏羚羊国际诗歌奖"评委会，决定将 2025 年"1573 金藏羚羊国际诗歌奖"颁发给当代德语诗歌的杰出代表——米夏埃尔·克吕格。

2025 年 7 月 20 日

»Von der schmerzhaften Realität zur geistigen Höhe «

— Laudatio zum »1573 GoldeneTibetantilope Internationaler
Lyrikpreis« 2025

Jidi Majia Vorsitzender der Jury

Deutschsprachige Lyrik – vereint die Dichtung aus Deutschland,
Österreich und allen deutschsprachigen Räumen – gehört
zweifellos zu den bedeutendsten Schätzen der internationalen
Lyriktradition. Ihre Wurzeln reichen bis ins Mittelalter zurück:
von dem anmutigen Barock-Sonett über Goethe und Hölderlin
bis zum strahlenden Kosmos des 19. Jahrhunderts, geprägt
durch Heinrich Heine. Ohne Übertreibung lässt sich sagen:
Dieser Sprachraum schenkt der Welt seit jeher Dichter von
einzigartiger Schaffenskraft. Bis ins 21. Jahrhundert hinein –
ob Rilke, Trakl, Hofmannsthal, Brecht, Benn, Paul Celan oder
Enzensberger – bleibt die deutschsprachige Lyrik eine der
lebendigsten Stimmen der Weltliteratur. Diese ungebrochene

Kraft spiegelt sich heute in Michael Krüger, dessen Werk Tiefe und unverwechselbare Prägung vereint. Sein Schaffen, getragen von existenzieller Reflexion und sprachlicher Meisterschaft, trägt die Fackel dieser großen Tradition ins Hier und Jetzt.

Michael Krüger, geb. 1943 in Sachsen, aufgewachsen in Westberlin des kalten Kriegs, dichtet seit über einem halben Jahrhundert. 2023 als »Poeta Laureatus« der deutschsprachigen Welt gekrönt, reflektiert sein Werk – wie bei vielen Zeitgenossen – die Schatten von Krieg, menschlicher Selbstentfremdung und der deutschen Teilung im Brennpunkt des Ost-West-Konflikts. Schon früh widmete er sich existenziellen Fragen der menschlichen Existenz und des kollektiven Schicksals. Sein 2020 in Quarantäne entstandenes Werk Im Wald, im Holzhaus offenbart hinter sprachlicher Präzision eine vielschichtige Metapher: Krankheit als Spiegel von der Absurdität der Realität, globaler Fragmentierung und Kriegstrauma, stets auf der Suche nach dem Sinn des Daseins. Indem er individuelle Leidenserfahrung ins Universelle hebt, überhebt Krüger das konkrete Leben und führt vom Schmerz zur geistigen Erkenntnis. Allein dies macht ihn zu einem der bedeutendsten Dichter unserer Zeit.

Aus diesem Grund verleiht die Jury des Qinghai-See-Lyrikfestivals den »1573 Goldene Tibetantilope Internationaler Lyrikpreis« 2025 an Michael Krüger – einen herausragenden Repräsentanten der zeitgenössischen deutschsprachigen Lyrik.

第一部分
· Chapter 1

林中木屋

第一首

. . .

透过窗棂，目之所及：
湛蓝天穹下的礼拜日牧歌，
裹着羔羊裘的孩童给马喂糖，
这在过去被严令禁止。
马驹农场休假中，
死神同行，坐骑无鞍无辔。

必须轻声细语，让苍蝇听见我，
它们从窗前惊恐掠过，留下光影。
此刻，第一批蝴蝶从空中坠落
于斜窗，群鸟紧随，
阳光漂白了窗台上的书。

"许多貌似最广大的愚行
终会在时光里显露出智慧。"
这是哪位智者的洞见？
我的记忆已成碎片，再难成形。
挑几片对窗举起，迎向光，

惊诧其中的丰饶、光泽与壮丽。

但再无联结，无延续，无"图景"

那曾构筑我们世界观的

无忧无虑，如今正开始弯折。

我困于隔离，免疫系统

已耗尽了它的好日子。

人们须每日学习新词，

今日之词："群体免疫"，

且看它能撑多久。

"苍穹"一词无人再提。

必须逃离天真，逃离深不可测的悲伤！

我必须在死去前修完篱笆。

常春藤无法维系之处，芦苇已经断裂。

草地上鲜蓝色的番红花，

像是一片湿疹在蔓延。

我努力重新成为初学者，

赞美杂草——那些有用的愚人，

正维系花园的生机。

关于蠢行的智慧，来自我的祖母，

维特根斯坦一定是从她那里借来，

毫无疑问。

第二首

. . .

向西延伸的阶梯尽头，

积水静静等候蚊群，

它们将在此密谋

赫利俄斯统治时的盛夏远征，

此刻仍是冥王哈德斯掌权，

但他已着手向宙斯移交权柄。

这位众神之神踱步草甸，

只为让地上生灵知晓归属。

我必须拯救蜗牛坟冢，

它们在阶梯下褪壳死去，

我却总想与这些静默大师

修行沉默的力量。

四枚空壳紧挨如战车轮毂，

仿佛神圣御辇承载

辨识、洞见、记忆与欢愉，

四块铭碑将在我生前永恒矗立。

当此困顿时节，宜展读神学典籍，

重燃灵性热忱，

因道路封锁，门扉紧闭，

世界须学会离开人类自处。

福尔图娜与法图姆，这对异卵双生子，

正执掌着命运的权杖。

注：

    1. 希腊神话三神（太阳神赫利俄斯、冥王哈迪斯、众神之王宙斯）的权柄交替，暗喻自然界的季节轮回。

    2. 四枚空蜗牛壳组成的神圣战车，源自《圣经·以西结书》中四兽牵引神之宝座的异象。

    3. 罗马神话的命运女神和宿命之神。

第三首

. . .

东麓通往俾斯麦塔的小径旁，

四株百年山毛榉轰然倒地，

远比新居民更古老、更睿智、更庄严的躯体，

被置换为中轴线与观景台，

既然购置了天价房产，他们有权要求见证

女儿骑着矮种马奔向塔楼，那里等待着

拒绝继承家族农场的少年。

锯木的银屑遗落成苍白花环，

残树桩自翻卷的土壤刺出，

恰似沉没海底的三王冠冕。

山坡的泥土干涸而贫瘠，

通往高塔的路上，暮色中

偶有赤狐如窃盗者环伺村落，

自最后五只家鸡遁入铁丝樊笼，

它便重返林莽，偶尔捕食跛足的飞鸟。

塔巅的苍鹰冷眼俯瞰村庄的变迁。

它知晓少年们隐秘的渴念，

而我们永远难以参透。

第四首

· · ·

日暮六时，我们获准绕行四方，
只为刷新瞳孔里窖藏的风景，
或驱散某些盘踞颅内的词语，
譬如"死亡率"——这个我已能
平静吐露的词语。
我们踉踉跄跄步行至湖边，
却忘记了归途对肺腑的折磨。
躬身穿过垂悬的树枝，
细雨便不会将我们打湿。
冬日的余息在此凝结成特殊气味，
小心虬结的根脉，它们裹满苔衣，
"你决不能跌倒。"
灌木无人修补，自成幽暗穹顶，
穿过去便走进光明，
刹那湖面陡然开朗。
"你该洗手了"，
这是我此刻唯一的念头。
湖上笼罩着淡青薄光，

渐次晕染为胭脂般刺目的红，

在这色彩狂欢中，

野鸭鸬鹚嘶鸣，或许出于欢欣，

因为与我们彼此视而不见。

我们在岸边倚靠着树木，

那被雨水浸成玄铁色的树皮，

同样庇佑着我们的生息。

这些近乎墨色的古木，

无一愿在城市栖居，

而我想知道，时间可否被触摸，

如触摸风暴、灼热与水纹，

我们该如何触摸时间的褶皱。

第五首

· · ·

我的窗棂宽五米、高四米，

取景框永远定格，色谱固定，

五时绿啄木鸟准时叩击，

将单调经文镌入松软土层。

避开光秃秃的椴树——那些

皮拉内西式枝丫编织的刑架。

随后小山雀、乌鸫、林莺及更微小者，

（远观恍若蝶群），开始啄食晨祷。

当野草骤然收拢，我目睹风的形状，

又试图重组秩序。当纤弱鸟羽，

颤抖着悬停半空，栖于木桩的鹫鹰，

以深渊般的瞳孔度量。

但这仅是世界的半阙真相，

午后形制重临，界限复苏。

阅读"何为美好生活"时，

永难察觉，生命不可参透。

他者凝视我的方式早已失效，

所有的路断裂，连马匹也倦怠，

退出画框右转，朝阿尔卑斯山踱去。

倘若厨房窗景真实尚存，

群峰必仍矗立于虚焦的远方。

我见证草地日渐转青，无须那位

负责阐释"国民死亡清册"的专员多言。

顺便告知，若有观看这部电影二十次者，

可获导演面晤殊荣，作为赠礼。

注：

    1. 皮拉内西（Giovanni Battista Piranesi，1720—1778）：意大利画家、建筑师和雕刻家，以其对罗马景观的蚀刻作品闻名。

第六首

. . .

日光浮游时，昆虫如约而至，

这些晨昏短工随日轮西沉而隐遁。

草尖上栖居着些游手好闲者，

任东风，摇晃它们的虚无之椅，

即便被指尖弹落，也不会怀恨，

人必须学会良善。

我正与故纸堆周旋，那些发暗的稿笺，

关乎未竟的小说——曾妄图改变世界容颜，

还有令脸颊灼烧的信稿草拟。

今日我将"论信任"的文稿掷入炉膛，

尽管纸张本不该归于火炉。

所有人都在谈论这神圣词语，

那凌驾于酸涩道德之上的神祇。

天呐！既要怀揣信任，又要施与信任。

间歇间我吞咽下彩色药丸。

它们名字，恍若阿兹特克神名，

譬如"维奈克拉"(Venclyxto)或"维奈托克"(Venetoclax)，

我信任这些药丸，如同信任屠城的阿兹特克人，会在沦陷之城灭绝所有病毒与菌群。

往昔遭遇不公时，诅咒神灵尚有效用。

蚊群已重返，松鼠却未归。

三年间，它们劫掠我的胡桃树，

如今杳无踪迹，仿佛在等待第二次赦免，

宽恕——另一个神圣词汇。

信任（Vertrauen）与宽恕（Verzeihen），

无论首字母大小写，

都该被暂时禁用。那些死亡的言辞，

正将我肢解，但我的意志无关紧要，

生灵与物事兀自演进。

绕屋踱步时，我将钥匙藏于地垫下，

地平线上车流掠过。

我被寻找，却永不被寻见，

连野草也不确知我是否存在，

那曾炽烈的全知全能之欲，早已崩解，

但松鼠或许会归来，只为让喜鹊的聒噪，

至少拥有存在的依据。

注：

　　1. 维奈克拉（Venclyxto）或维奈托克（Venetoclax）是治疗白血病的靶向药。

第七首

. . .

血压正常，其余指标尚待修补。

无人知晓声响的来处——

清晨潜入心脏的窸窣与裂响，

体液的咕噜声。

从镜前走过，目睹坚硬如石的凝视，

便是最准确的诊断。

我仍执意登楼，在阁楼，

我的书案，已候我多时。

每日绿意深一寸，燕群已归来，

甚至可见战机掠过，因某处砂砾之疆，

急需军火，对付双手油污的骄傲无产者，

信仰的神早已将他们遗弃。

自林木伐尽，我得以洞见，

寂静的平原，沉默的土地，

尽管边界封锁，阴影

在对面马厩墙面扎根。

人们不知该思索什么，诉说真相的意志

也已溃散，静坐是最佳选择。

"为何终日书写？"某鸟诘问，

它必定在近处筑巢。形似山雀，

形如面具的脸，紧身短袄，

侧翼如短剑出鞘。

"愚蠢的问题，"我答，唯有愚者才试图回应。

容我静观风景，眼前白纸边缘正徐徐卷边，

如枯叶曝于烈日。

那有着琉璃眼眸的鸟，神态自矜，

栖于窗框如通晓真相的古希腊伶人。

"你属于历史"，我对它呼喊，

"而历史不可触摸"，罗伯特曾如此训诫。

"速速退散！我们被判定无能为力，就此作罢。"

我步入旷野，仰卧草甸，

口袋里是荷尔德林，

倾听甲虫，这些纯真漫游者，

行进在通往鸟喙的崎岖路途，无需药丸。

注：

1. 罗伯特：罗伯特·哈里森（Robert P.Harrison），美国哲学家，斯坦福大学教授文化史，著有《森林：文明的阴影》《花园：谈人之为人》。

第八首

· · ·

透过玄铁色枝丫，我窥见湖光潋潋，

在烈日下恍若即将倾覆的水银巨釜，

自航班禁飞令始，天空终成绝对虚空。

若在往日，人们会说：上帝时刻已至。

唯余没有窗户的巨型迷彩战斗机轰鸣，

盘旋头顶监视我是否仍伏案疾书，

或是奔赴贫瘠之地卸载重械，

为了让某些非洲与阿拉伯人，

按自身意志实现圆满人生，

精良器械实属必要，他们举止稚拙如蒙童。

也有新的禽鸟抵达此地，

在草地游荡，恍若练习礼拜祷词。

附近的奥巴赫谷尚存麦鸡，

这禽类中的侍酒领班，却已无人问津。

是啊，上帝时刻确已降临，毋庸置疑。

今春花蕾如此微小，

连初醒的蜂群，都径自掠过。

祖母称作"精灵手套"的耧斗菜，几乎绝迹。

银莲花与紫罗兰，匍匐如地衣。

我虽不解花语，却知它们在低吟：

"须向我们俯身，而非如自由主义精英般

居高临下。"遂卧于尘土，渺小如拇指人，

与毛茛和风铃草为伴，从容等待，

上帝是否掷下宿命的骰子。

无论如何，我要说，我已准备停当。

第九首

· · ·

将木桌安置于庭院中

两株核桃树间，枝丫枯朽，

在山雀狂躁的体操练习中，细枝簌簌断裂。

蚁群忽然归来——小小的红蚁醉汉般

在桌面踉跄寻路，黑蚁则似骄傲的游牧者，

驻足以目光丈量荒原，而后继续迁徙，

毫不在意人类纪元是否临近终结。

幼时他们总让我读《罗马之战》，

而我独爱哥特人的《白蚁之魂》。

若非要见证文明的覆灭，我宁愿选择

斯图肯的《白色众神》。如今眺望草甸，

黄色蒲公英的和平军团铺展如毯，

万物完好，唯我自身溃败崩解。

星辰一如既往，比所有政治理论

更精准地将人引入歧途。

人类缩成数据以求永生的颓废愿望，

在蚂蚁的地下王国前何等可笑。

它们的秩序井然，比人间更富教养。

"我见汝所不见"——这寻常的漂游瓶讯息

本可抵达人类，但若没有海洋，

我便无法完成这场拯救。

注：

1.《罗马之战》是 19 世纪历史小说，《白蚁之魂》实为对埃里希·诺伊曼《白蚁女王》的戏仿，暗示文明更迭中边缘族群的精神结构。斯图肯（Eduard Stucken）的历史小说《白色众神：阿兹特克帝国的覆灭》是对美洲殖民史神话的解构。

第十首

. . .

布谷鸟归来，这长途迁徙者，

犹带着夜行穿越西班牙、法兰西和阿尔卑斯群山的倦意。

伴随晨间新闻，闻其啼鸣，

我正对镜自问剃须是否仍有必要，

并向齐奥朗、卡内蒂与布鲁门伯格致意，

诸位都曾于晨间叩问剃须的意义。

世界仍年复一年榨出它的春天，

纵使总有不可替代之物悄然缺失，

譬如五月的金龟子，存世仅为

充作布谷鸟食粮。环保主义者谈及

种群锐减，总将布谷鸟与野兔——

我那离群索居的老友——相提并论，

夜莺更无需提及。

自从它背弃我们，或异化为不育的枯枝，

关于剃须的追问，便愈发锐利无情。

或许该蒙蔽镜面，唯在暮色四合时，

凝视窗户，或临湖自照。

野兔独自摆动双耳，布谷鸟归来，

正寻找适合产卵的巢穴，

它仰赖其他鸟族的愚钝

与可疑的宽容大度，

希望一切如往昔，

在危机岁月到来之前。

彼时夜莺启喉清啼，

灰伯劳与夜燕都会识趣噤声。

野兔从垄沟中舒展身体，

鸭群未遭组织滴虫病的折磨，

晨间我亦能从容经过镜前，无需疑虑。

但现实并非如此，

往昔时光，永难再现。

注：

1. 齐奥朗（Emil Cioran,1911—1995）的虚无主义、卡内蒂（Elias Canetti, 1905—1994）的群众心理学、布鲁门伯格（Hans Blumenberg, 1920—1996）的隐喻理论在此形成思想三棱镜，将"剃须是否必要"的日常动作升维为存在主义诘问。

第十一首

· · · ·

当树木终于披上新叶，

风再度奏响园中乐章——

椴树枝头排演《马太受难曲》，

山毛榉间回荡巴赫催泪的圣咏。

若坐于垂枝桦下，其形似珍贵的音叉，

可闻德彪西罕闻的乐章在此低语。

垂枝轻拂草地，东风轻抚草尖，

令甲虫与众昆虫沿垂枝攀援，如登上雅各天梯。

我喜欢裹紧衣衫静坐棚屋旁，

此处两股气流自然交汇。

听潮水漫过脚踝，门前即是沧海，

曼弗雷德·特洛阳在侧，

为我解密音乐的密仪语汇。

唯胡桃树仍赤裸身躯，

不见新叶、无一字提示，

其免疫系统如我般崩坏殆尽。

连鸥鸟也掠过屋顶，飞往道旁农田，

将农人新播的种糟蹋。

昨日风驻瞬间，瞥见群鸭凌空，

朝阿尔卑斯山方向飞去。

你可知鸭群起飞何其艰难？

笨重的身躯，须如飞机滑行

踏水滑翔，直到律动的击水

托起羽翼，遁入云霄，遥不可见。

胡桃树的症结无人知晓！

我知晓它们夜息尚存，

木质部筛管运作如常，

唯独光合作用失效。诸神知晓缘由，

交予松鼠传授，而我且佯装懵懂，

莫期待会有一曲乐章降临。

注：

    1. 曼弗雷德·特洛阳（Manfred Trojahn, *1949）：德国当代作曲家、指挥家。

第十二首

· · · ·

土地过于干燥，

指尖只触到簌簌流沙——

没有蚯蚓，没有虫卵，没有阻碍。

三龄苹果树，未高过我，何足为奇，

树冠宽大，花开零星，

它在蒲公英铺满的草甸上，

恍若猝然从童年跌入暮年的老叟，

细枝下支着枯木拐杖。

去年尚有萤火虫环绕，如发光神经丛，

白昼则遭黄裳蝶突袭，

那些自云端坠落的访客，在我与它脚边栖息。

死亡者数目持续攀升。

我单手擒双蝇，又赦免了它们。

苍蝇会恐惧吗？追踪一只甲虫的行旅，

如鲁滨逊般在野外活动，

它新漆般锃亮，似曾夜宿在油画里。

"去往何方？"我问它。

"此路或通虚无，但有人正从彼岸走来。"

这是早晨斯图尔特·福利贝尔特来信中

引自拉尔斯·努列的诗行，经由默温英译。

众人皆作古，唯斯图亚特尚存，

这位俄亥俄奥柏林的诗人，君特·艾希的朋友。

"须在错误的时空现身"，我对蒲公英低语。

它们如同冷血的高手正庆祝短暂生命，

在焦渴中迸发蛮力。

当我将苦涩之物的漫长名单诵尽，尚余下何物？

我拒绝参与死者的清点，却察觉双手抽搐。

归去吧，归向草芥，归向甲虫，

归向我羸弱的苹果树。我必须

为诸物注入其本无的真理，

否则万物终将枯萎，我亦同朽。

注：

1. 斯图尔特·福利贝尔特（Stuart Friebert, 1931—2020）：
俄亥俄奥柏林的诗人和翻译家。

2. 拉尔斯·努列（Lars Noren, 1944—2021）：瑞典剧作家。

3. 默温（W.S.Merwin, 1927—2019）：美国桂冠诗人。

4. 君特·艾希（Günter Eich, 1907-1972）：德国著名诗人、
广播剧作家。

第十三首

· · · ·

房子里一定有处地方漏风，

蜡烛摇曳不定，仿佛无法抉择，

我整日在纸上涂鸦、试图寻找一个开端，

这页纸躺在地板上，有字的面朝下。

可门窗分明都紧闭。

该寻找怎样的开端？

清晨我推门换气时，

撞见阔别四十载的老友。

他形销骨立，残翅拖曳如披风，

我一眼认出：金龟子，既不像面包师，

皇帝也不会造访鄙人，想必是烟囱清理工。

必有风起于某处，死神在此栖居，

却无人识破他潜入屋舍的狡黠。

众人皆叹服这般伎俩。

后来我伏案寻词，

他人辞藻横溢，独我言辞枯竭。

"密拿赫特卷"中有言：

"将有一人，名为阿基拉·本·约瑟夫，

他的教导将世代流传，

他对字母的每个钩饰，

给出如山的训诫"，

我绝望地寻觅词句。

为缓解带状疱疹之痛，

我将杏核敷于患处，再覆上浸透药膏的纱布。

窗外的乌鸫如祭司巡视疫村。

我再不能目睹世间之事，

只能从字里行间窥探。

许多人说这是倾颓的世界，而我窗棂中

唯见良辰美景，任纸上惊涛翻涌。

暮色四合时我点燃一支蜡烛，

因为黑暗如绞索令我窒息。

烛焰癫狂乱舞，我只得将之熄灭。

关于每个黑暗的钩角，堆积如山的训诫，

明日再启程。

注：

　　1. 诗中引文出自《塔木德》的"密拿赫特卷"29b，描述了早期犹太圣哲阿基瓦·本·约瑟夫（约公元50—135年）及其能力：他发展了一种解经法，能从《托拉》最微小的细节，包括字母的"冠饰"中衍生出深奥的律法与伦理教导。

第十四首

· · · ·

我读的是周四的报纸，

所以今天必是周日。空气澄明如洗，

伏案时能望见聚在棚屋上的蝇群。

在现实世界——倘若它当真存在——

人们相信人造人能加速真人的自我褫权。

他们想要一个剔尽所有生命的世界副本，

一个抹足润滑油的机器人，

吞下所有哲学教义后，终于归于平静，

从此主宰我们的命途。

午后在村庄里，每道篱笆都悬满垃圾袋。

从垃圾中可窥见个体化的社会逻辑，

材料充分，周一将会被清运。

谁还记得曼德布洛特教授和他的分类苹果小人？

他是约翰霍普金斯大学荣誉博士——

如今那里正清点亡魂——

在音乐与股市曲线中皆见分形结构。

"世事总不如想象顺滑"，他说。他出生于华沙，

逃离纳粹，殁于麻省的剑桥，

每件事物都有看不见的粗粝肌理。

云朵如揉皱的纸团，街道空无一人。

某扇窗后我看到一个孩童，

看到我时，他吓了一跳，

恰似梦游者在悬崖边骤然惊醒。

"可持续"，印在鼓胀的垃圾袋上，

但我已懂得，真正可持续的，

唯有诸神。

注：

1. 曼德布洛特（Benoit Mandelbrot, 1924—2010）：世界"分形几何之父"，出生于波兰，童年时随家人移居法国，后来在美国担任耶鲁大学名誉教授。

第十五首

· · · ·

下雨了。屋前檐下虫豸麇集，

新迁来一只鸟儿时而俯冲，

高贵的动物，浅色底衬上

身披蓝灰燕尾服。

"鸸鸟，"乌特昨日说，

"能倒悬墙垣啄食。"

六千万年，羽族凌空，

六千万年，吞食虫豸，

进化论里奇特的生物模式，

在持续的压力下，直到某日，

牙齿越来越小，我们人类来临，

选择在孤独中，抑或群居在

想象中方方正正的天堂里。

白种高加索人，这早被滥用的图腾之一，

忽而烙在暴徒颈项，

忽被印上哈雷骑士团的皮衣。

鸸鸟倒挂在木屋外墙，

或许能捕食邻家牧场嗜血的马蝇。

先民自北极星世界来，

来自东方的救世主，南方巨匠，

西天长生神，共观这

崭新方庭，新的天堂。

疫情在四隅蛰伏。

我将无缘见证人类的灭顶之灾或

统计骗局，唯腐烂岛上的一个画面

将伴我终老：纽约贫民坟场，

松木棺材层层堆叠，匆忙潦草被掩埋。

暮色镀亮湖面时，将沉未沉的太阳

忽然显现，一个长长的瞬间，

令深陷瘟疫纪事的我，

突然辨不清目睹的是

日升抑或日落。此刻顿悟：

毕生所学尽是虚妄。

倒行于树干的鸟儿，

本就比愚人的箴言更接近真相。

第十六首

· · · ·

雷暴远遁，偶闻羞怯闷响，

仿若约鲁巴雷神尚戈，

正将雷霆收集，

藏进阿尔卑斯山的褶皱。

荷尔德林本是雷霆歌者，

新冠劫走他的 250 岁诞辰盛典。

"哀歌在春日退至遥远他乡"，

斯卡达内利 1648 年 3 月 3 日在记事本上如是说，

我们谨守此训。

托马斯，那位诗意的中国人，

发来信息，他在阳台诵读《面饼与酒》：

"无人能独承生命之重；

将生命分享，与陌生人交换，

重负成为欢呼，

词句的威力在沉睡中成长。

我得赶紧读诗，趁新雷暴尚未遮蔽澄明。

"此乃思绪与欢愉之巅，

神圣山岳永恒静谧处，

正午溽热在此消散，

雷霆在此失声。"

我赶在柴棚淋湿前生火，

原木堆后乌鸫筑巢咒骂，

怪我惊扰春梦。

尚戈某位妻妾割下自己的耳，

将血肉敬献给雷神丈夫，终究徒劳。

"……无人能独承生命之重！"

此中深意我太过明了，

春日已将哀歌放逐远方。

注：

　　1. 托马斯，指的是托马斯·贺尔曼（Thomas Höllmann）：中文名"贺东劢"，汉学家，慕尼黑大学汉学系教授，从事考古学、人类学研究，也翻译中国古典诗歌。

　　2. 荷尔德林精神失常后，寓居于内卡河畔塔楼。他托名为"斯卡达内利"完成了系列诗歌，结集为《塔楼之诗》。《面饼与酒》是荷尔德林的名诗，完成于 1800 年。

　　3. 尚戈是非洲约鲁巴神话中的火和雷电之神，象征权力和正义。他娶了三位女神为妻，其中战斗女神奥巴为了争夺尚戈的爱，割耳煮汤献给尚戈，结果反而招来愤怒。

第十七首

· · · ·

灰穹低垂，侧耳倾听，可闻海潮私语。

对面草场的牧草疯长，

直到有两匹马那样高。

从绿波翻涌处浮出乌鸫头颅，

恍若当年玛莎葡萄园岛

海豹们探头的光景。

"幼豹现身处，鲨影必不远"——

东道主罗尼说，他总在电脑前研读柏拉图。

稍后沃德·贾斯特前来，越战时期《华盛顿邮报》

最锋利的写手。我们在罗尼的露台上喝金汤力水，

凝望池塘里那只水獭，它曾亲炙梭罗与爱默生，

《瓦尔登湖》是它最爱的书。梭罗的小木屋

与此刻我写作的这座木屋，恰似镜像孪生。

每年七月四日，我们都会在罗尼与蕾妮的露台

聚会庆祝，诵读合众国的《独立宣言》。

如今我每日眺望纪念 1871 年德意志统一

而立的俾斯麦塔：纪念碑永恒，历史

永不重演。碑顶上青铜鹰隼展翅欲飞，

阴天时常擅自巡游，放晴前必悄然归位，

鸦群屡次攻讦皆铩羽而归。

纽约客鲍勃·西尔弗斯总在独立日准时现身，

携带尚未发行的新刊，大脑里存有四千册书籍。

所幸他们无需经历比我小三岁的第 45 任总统。

此刻我身畔书册堆积如山，

人们将生活用快递纸箱投递，

思想混沌的团块，被裁切成便携尺寸。

"劳作不该仅是为了谋生"，梭罗写道，

"当有高于面包的意义。"大众公司的迪斯先生

却仍觊觎逃避税金。万物皆悬于点滴，

是否可放纵片刻？此非太平盛世。

晨间问候椴树，树影婆娑细语：

"若识我根深，赞美必不同。"

可彼时我已成尘！赐予吾时间！

夜安，弟兄们，神在苍穹守护，

仁慈心灵，庇佑众生。

注：

　　1. 玛莎葡萄园岛是美国马萨诸塞州的一个海岛，避暑胜地。梭罗曾在此居住。

　　2. 沃德·贾斯特（Ward Just, 1935—2019）：记者，美国

普利策奖得主。

3. 梭罗(Henry David Thoreau, 1817—1862): 美国作家、哲学家、超验主义哲学家。自然散文《瓦尔登湖》是美国现代文学的经典之作，记录了梭罗于 1845 年 7 月 4 日开始在瓦尔登湖畔森林自建小木屋度过的两年隐居生活。

4. 鲍勃·西尔弗斯（ Bob, Silvers, 1929—2017)：著名美国学者、作家,《纽约书评》联合创始人。

第十八首

· · · ·

我今日去邮箱投递信件，

还得与税务局保持联系，

一只猫与我狭路相逢，

我们素昧平生。她高举左爪，

倚风而立，恰似赫伯特笔下

胜利女神的姿态。

一阵风撩动她颈后的绒毛，

如光环般的背光圣洁无瑕。

"她已历数世轮回"，我暗忖，

"或许能指点迷津？"

对面教堂里供奉圣瓦伦丁，

这位养蜂人的守护神被斩首，

这是古时对付麻烦人物的常规手段。

我在布雷斯劳大教堂见过他的圣髑，

那时我正拜访波兰诗人鲁热维奇。

罗马的希腊圣母堂、维也纳圣斯蒂芬大教堂，

上百座教堂里都珍藏他的遗骨。

让猫去操心这些圣物的团聚吧。

我们祈求瓦伦丁治愈疯癫、癫痫与瘟疫，

我们正需要他。在我的教堂里有个传说，

一位跛腿女孩绕祭坛爬行三圈后痊愈。

教堂坐落于长满荨麻的草坡上，

那些矮小的植株宛如红衣主教，

法衣色泽鲜亮如庞贝壁画。

中世纪瘟疫肆虐八年方休，

一袭白布遮盖了斑驳的裹尸布。

瓦伦丁厌倦了只做瘟疫救星，

便也掌管起他一无所知的爱情。

据说瘟疫是经丝绸之路

从中亚传入欧洲。如今

阴谋论者脑满肠肥，

他们坐在圣瓦伦丁教堂前的长椅上，

兜售廉价药物，

一如往昔叫卖祛邪的铜镜与护符，

用于治疗支气管炎与炭疽，

这是构成真实人生的要素。

注：

　　1. 兹比格涅夫·赫伯特（Zbigniew Herbert, 1924—1998）：波兰著名诗人、作家和戏剧家。

　　2. 塔杜诗·鲁热维奇（Tadeusz Różewicz, 1921—2014）：波兰著名诗人、作家和戏剧家。

第十九首

• • • •

雨又已下过。当胜负已定，

我起身穿过国道，

向明辛方向的森林走去，

在迟暮的阳光下呼吸荨麻的气息。

若有人问起我的童年，

我默默指向滚烫的荨麻丛。

踏上栈桥，步入潮湿酸腐的泥炭地，

肥硕自私的蓝莓紧挨铃兰，

"它们苍白的头颅如金属般沉重"——

莫里茨·勃兰特如此翻译，

他是泰德·休斯最出色的译者之一。

休斯与死亡保持着剑拔弩张的关系，

在妻子西尔维娅·普拉斯生前死后皆如此。

阳光炙烤的荨麻（Brennnesseln），如温热的面包（Brot）和

过熟的黑莓（Brombeeren）——让我们收集 B 开头的词。

这些蓝莓在下半年不结果实，

想必是沼泽的缘故，这里人称之为苔藓

或泥炭。傍晚沿吕斯溪漫步，

亡者如囚徒般从沼泽升起，

满身泥污，病态的光晕笼罩，

赫然立于眼前。

林中有座房屋，所有窗户敞开，

为那些曾被称作"世上的盐"的亡魂

敞开升天之路。

"盐若失了味，可用什么来调味呢？"

马太说，"它再无用处，

只好丢弃，任人践踏。"

闲散的风攀附紫杉，

枝条轻颤，仿佛要慷慨赐福，

或许过于慷慨，

但总比毫无祝福要好。

"紫杉的讯息是黑暗——

黑暗与沉默"，

如西尔维娅·普拉斯所愿。

屋旁漏水的檐槽下，

一只桶盛满雨水。

一滴足矣。但我必须返回家中，

在汹涌的吕斯溪漫过堤岸前，

救出那些不幸的词句。

注：

1. 莫里茨·勃兰特（Moritz Brandt）：德国翻译家。生卒年不详。

2. 泰德·休斯（Ted Hughes, 1930—1998）：英国桂冠诗人，其妻女诗人西尔维娅·普拉斯（Sylvia Plath, 1932—1963）：美国自白派诗人代表，31岁死于自杀。

3. "世上的盐"典出《圣经·马太福音》。

第二十首

· · · ·

赞美雨水！连日降雨驱散了人群，

让我得以在田间自由漫步，

无需口罩与戒备。

此地新种的玉米尚未抽芽，大麦已拔节。

当夕阳在湖对岸的伯恩里德，

上演血色黄昏，麦芒上便缀满

柔和的绯红光晕。

一阵和风拂过麦田，

将麦穗轻轻摇曳，

我眼前忽现红海的幻象。

正是在那里，"传说中的伊甸园附近"，

据弗里德里希·克尔尼克 1855 年

《谷物种植手册》记载，大麦最早被人工栽培，

无数代绵羊将麦芒散播到世界各地。

我爱羊群，愿成为其中一员。

我对麦芒的记忆犹新：

收割时它们黏在汗湿的背上，

用水也冲不干净，得靠午后

某位帮我用草叉装车的姑娘清理。

我穿过奥夫基兴，背起麦芒继续向法尔夏赫走去，

绝望地想着古代希腊和罗马的植物志，

想着豆类与斯佩尔特小麦，

只为忘却昨日电视节目里

黏稠如蜜的聒噪演讲。

市民们尖声叫嚷：

"够了！时机已到！必须行动！"

法尔夏赫有两只我熟识的猪，

那时我还能不戴口罩进农场商店，

还有被燕麦刺痛时轻声咩叫的山羊。

迫使我停下脚步的不是疲惫，

而是困惑：谢天谢地，世界正在毁灭，

到时我们终于不必再忍受那些废话。

注：

　　1. 弗里德里希·克尔尼克（Friedrich Körnicke, 1828—1908）：19 世纪德国农学家。

　　2. 斯佩尔特小麦：一种古老的小麦品种。

第二十一首

· · · · ·

我本该幸福，日日凝望候鸟迁徙，

谨守赫西俄德诫命，不越雷池半步，

这位大师来自彼奥提亚的阿斯克拉，

他亲自耕种他的农田。

如今我也栖居乡野，虽非本愿，

待病痛在生命尽头褪潮，便可重返城中，

与守护我的三株苹果树的

寒鸦和乌鸫重逢。

城墙外的栖居者，不是野兽，

就是一位神明，不再渴求人间香火。

雅典亦或阿斯克拉的抉择早已失效，

当旷野沦为都市附庸；

雅典亦或耶路撒冷的思辨亦成绝响，

如今只闻布鲁塞尔与柏林。

人们在平顶屋上种植芜菁，

为下一场危机囤粮。

今天是五月十五日。1933 年的此日，

"慈父"斯大林同志，他的心脏"为艺术跳动"，将诗人曼德尔施塔姆永久流放古拉格。

赫西俄德是否曾教诲：

"要列清单藏匿宙斯不容之物？"

某本智慧之书载怀特海箴言——

"知识保鲜期短过鲜鱼"。

真伪难辨，我发现这句话

出现在某位哲学家的著作里，

他断无可能结识怀特海。

但哲学命题自有其悠长命途，

而我须抓住幸福的吉光片羽：

若诸法皆空，便日服三剂诺瓦利斯，

这止痛药足以支撑禁足岁月的开端。

可苍穹在上，究竟何物

能保鲜三日以上？

注：

1. 赫西俄德（Hesiod，公元前 8 世纪，享年不明）：古希腊诗人，以《工作与时日》《神谱》闻名于后世，倡导农耕伦理，被称为"希腊训谕诗之父"。

2. 怀特海（Alfred North Whitehead, 1861—1947）：英国数学家、哲学家和教育理论家。

3. 诺瓦利斯 (Novalis, 1772—1801)：德国浪漫主义代表诗人，以长诗《夜颂》、长篇小说《奥夫特丁根》等作品传世，书中以蓝花作为浪漫主义的象征，被誉为"蓝花诗人"。

第二十二首

· · · · · ·

周遭已不见人影，

偶闻树篱后传来笑声，

在通往湖泊的小径上飘游。

我当然知道，邮差仍定时送信，

将信件置于榛木丛后，

今日却有两只雄壮黄蜂造访。

这高贵的族类审慎检视散落的书籍，

即刻寻见摊开的赫西俄德集，

压住赫伯特诗全集与皮埃蒙特

盲诗人莉娜·弗里奇的《另一场梦》：

"我与诗句诀别，或许亦与生命，

永别，永别……"

它们或许是栖息于胡桃树裂缝的枯木中。

可惜普林尼的《自然史》不在手头，第 11 章

论述蜜蜂、胡蜂与恶名昭彰的黄蜂。

当蜜蜂与白色母羊阿玛尔忒亚

以蜜和乳哺育幼年宙斯，

黄蜂正依法啃噬蝇首，吞噬其躯。

此刻某只黄蜂落于我的稿纸，

神经质地颤动，似乎它有了神经和热血，

螫针不在尾腹，而生于头颅或口器，

如同常从邻家马厩飞入屋里的可恶牛虻。

我礼送它至敞开的窗畔，

此刻蟋蟀的鸣唱渐起。传说维尔纽斯曾有妇人，

不幸于冰面失足，大群蟋蟀从创口涌出，，

僵毙于严寒中。这并非布瑞戈尼亚的症候，

据维吉尔《农事诗》记载，

该地鲜活的牛尸脏腑中腾起整窝蜂群。

黄蜂寿数几何？我在稿纸边缘潦草记下：

此页曾被黄蜂书写。

注：

1. 兹比格涅夫·赫伯特（Zbigniew Herbert, 1924—1998）：波兰著名诗人、作家和戏剧家。

2. 莉娜·弗里奇（Lina Fritschi, 1919—2016）：意大利皮埃蒙特盲人女诗人。

3. 普林尼（Plinius, 22—79）：古罗马百科全书式的作家，以《自然史》一书著称。

4. 维尔纽斯（Vilnius）：立陶宛首都；布瑞戈尼亚（Brigonie）：古罗马地名。

第二十三首

· · · · ·

清晨五点布谷啼鸣。若每声对应一岁寿数，

我尚余百年可活，可惜囊空如洗，

早晨未随身携带支票簿，

或许连篱莺还不见踪影，它们曾去远方。

霍夫曼·冯·法勒斯莱本

让恼人的双音步永垂不朽。

"汝所歌咏，皆已实现"——

这等蠢话驴子也能复述。

若贝多芬当年动了恻隐之心，

此刻收音机里该每日播放双音步驴鸣。

"巴赫第六交响曲中的场景

可不在调上"，那双音节的畜牲说。

关于年岁的故事，我准备稍后

讲给医院里那位友善的医生听，他正看我的血象。

但他不唱"汝所歌咏，皆已实现"，

反将我绑上输液架的绞刑台。

我立于顶楼窗前，阿尔卑斯山影

在天际线处与毛毡制成的副本重叠。

此刻启程需三日脚程，

至加米施右转攀高，若心脏配合，

若我的药液之神奥滨尤妥玛单抗

比此刻滴得更缓。"能为我们拍照吗？"

某位妇人询问。她的丈夫

同样被囚固于输液架，不过属另一位神灵掌管。

"笑一个！"我冲口罩后的男人喊，

他的神情仿佛毕生未笑过。

我拍摄的三张快照中，某帧将成为遗照。

妇人始终微笑——若我目力未衰。

林吉将那首布谷鸟之诗归入

法勒斯莱本存世的六首诗歌。

回家后，我会在吕姆科夫全集中，

拣选二十钟爱片段，配上马勒谱曲的《少年魔号》：

奏响布谷与夜莺之争。

玛达莱娜·科泽娜与克里斯安·格哈赫

颂扬高贵理性，布列兹执棒。

我尚余百年阳寿，必须认真鏖战。

霍布斯的《利维坦》有云，

战争不仅包含战斗和搏杀，

更在战斗意志持久昂扬。

注：

1. 霍夫曼·冯·法勒斯莱本（Hofmann von Fallersleben, 1798—1874）:德国诗人，其作品《德意志之歌》成为国歌歌词。

2. 奥滨尤妥玛：抗癌药物 Obinutuzumab，音译。

3. 吕姆科夫（Peter Rühmkorf, 1929—2008）：战后德国著名诗人和文学评论家，林吉是他的诨名。

4. 玛达莱娜·科泽娜与克里斯安·格哈赫（Magdalena Kozená 和 Christian Gerhaher）:当代著名艺术歌曲演唱家。

5. 布列兹（Pierre Louis Joseph Boulez, 1925—2016）：法国作曲家、指挥家和作家。

第二十四首

· · · · ·

风已尽责：天空锃亮如新，

无言无语，抹去所有故事的痕迹。

我静坐于此，看那只放肆的松鸦

如非法入侵者在草丛蹦跳，

谨慎如挑竹签，却终究笨拙，

它身后草茎纷纷匍匐，要待空气澄明，

未来似有可能时才重新挺立，

仿佛有钟表精密机括暗藏地底。

当我几乎一动不动静坐于胡桃树下，

能耗趋近于零，地球各处

正疯狂劳作，由此加速毁灭世界，

以此来拯救人类。这或许就是宿命。

或者您另有良策？没有撤回键，

无法回归自然。于是人们架上分子眼镜，

阅读草茎基因的亿万字符——八株草芥

蕴藏的字符量，便抵得过所有典籍。

若您有不满之处，便可径直取用"基因剪刀"。

我生下来便拥有一个老灵魂。于我而言，

自然该永远美丽而且可怖，

而草丛间的松鸦，若你愿意，

便是世界史的转折点。

"梦境甚好"，约翰电邮写道，"至少于我，

它们是睡眠的证词。"我与青草交情不浅，

或许终能描绘一茎孤草。"若龙胆昂首绽放，

便已将深邃春空尽收花盏。"喀斯特诗人

斯齐皮奥·斯拉塔佩尔如是书。

此处忽现"继母花"，我暗自思忖：

是谁启动网络关系令其绽放？

又是谁赋予其这般古怪之名？

待得时机，我将掘它移栽

至城中车道安全岛，任其自我实现，

被无固定居所的思想家

及其副驾驶凝望。

注：

　　1. 斯齐皮奥·斯拉塔佩尔（Scipio Slataper，1888—
1915）：20世纪初意大利作家，代表作《我的喀斯特》将地
质景观与存在主义哲思融合。

　　2. 即三色堇，德语名直译为"继母花"，因其花朵形似
脸色阴沉的继母脸。

第二十五首

· · · · ·

拉瓦扎咖啡机终弃其魂——

上世纪遗物，善鸣之器，

汩汩、吱呀、呻吟、嘶鸣与啁啾，

为萃取一杯浓缩咖啡，

竟交响万千声息。

可那是怎样的琼浆！晨间厨房犹寒，

我将冰凉的手环抱它渐暖的躯壳絮语，

透过窗棂望去，此刻群鸟早已纵情：

两只乌鸫正痴狂啄食石上的苔衣，

恍若米开朗基罗门徒，若持之以恒，

假以时日或能凿石成雕塑。

独一杯拉瓦扎浓缩咖啡的香气

足以改变整栋屋宇的呼吸。榆树亦私语，

此景我自童年便熟稔，而今护林员

却有些大惊小怪。我的榆树正精准转译

叶绿体光捕获复合体，酿就饱满清透之绿。

此色将永驻，或适时归来。唯咖啡机

委身废桶，再无醇香可期。

"人类作为生物种属已启动自毁程序",

某哲人笃定宣称。希望何在?

总会有幸存者沿存在之索,

向我自未来溯游而至,诉说种种,

而我闻所未闻、一无所知。

完美本无哀声。

注:

1. 拉瓦扎(Lavazza):意大利百年咖啡机品牌,此处老式咖啡机被赋予灵性,暗喻工业文明的拟人化消亡。

2. 光捕获复合体:植物光合作用中捕捉光能的蛋白质复合结构,榆树的"转译"将生化过程诗化为绿色语言。

第二十六首

致卡尔·海因茨·博乐（Karl Heinz Bohrer）

· · · · · ·

人们建议我与天使结交，

亦需要亲近古中国贤者。

病灶其实简单：脾虚带来白血球稀缺。

忧思成疾的积郁，错误坐姿的经年累月，

饮食失调的日积月累（西红柿早餐佐黑咖啡！）。

我毕生都在对抗脾脏，

这五脏六腑的母体，

周身精气的泉源。

此刻秘方是：玻璃杯置于黄绸之上，

蜂蜜、墨角兰和西芹籽调和均匀，

配上圣愈草和鹿舌蕨，

若得连钱草与嫩荨麻更妙。

如同仓鼠挣脱滚轮的桎梏，

向自由之境启程。急需良方，

激活脾阳和代谢畸变血球，

清理脾脏缓存的老废细胞，

为单核与淋巴细胞腾出圣殿，

让美好事物孕育美好人生。

让他人承担忧虑吧，莫避苦难，

坦然施舍乞丐铜板，其余尽数交付国家。

今日云朵宛如巨型泡芙，

遭人厌弃如禁忌清单上的软质奶酪、

牛乳、砂糖、酸奶与红番茄，

更遑论烟酒这类违禁品，

既然我们立志调理脾胃，

须知唯有洁净的脾脏与通畅的消化，

才是过早濒临死亡之后，

体面余生的双重保障。

注：

1. 卡尔·海因茨·博乐（Karl Heinz Bohrer，1932—2021）：德国著名思想家、文学评论家，睿智尖锐的时评人。

2. 脾脏在中医理论中为"后天之本"，主运化统血。

3. 圣愈草／鹿舌蕨：欧洲自然疗法草药。

第二十七首

· · · · ·

终将顿悟，存在即是为了
以无力的辞藻练习告别。
圣灵破晓早已消逝，
杨树底部的银辉，
连同词语的管理和使用权，
尽数落入后来居上的随波逐流者手中。
森林边缘黑莓丛的血迹蜿蜒，
今岁它们占领了整个森林边际。
我不愿复述我们是谁。
这些明理者与蒙昧者信件来回不断，
试图重新谈判人之为人的可能，
直到他们的言辞磨损褪色。
今年蘑菇收成惨淡，
先旱后涝，如今寒潮突袭，
天气的主宰者们宣布，
但苹果梨子南瓜满仓，
不过果树之上唯余空荡天空，
好让飞鸟不至于撞伤，黄蜂

能在明日圣灵破晓的雪落前

寻路归巢。

注：

　　1. 圣灵破晓（Herrgottsfrühe）：巴伐利亚方言指黎明
前的神圣时刻。

　　2. 黑莓血迹：欧洲民间传说中黑莓象征基督之血。

第二十八首

· · · · ·

为逃离忘川的吸引力，

我常去施瓦布桥——

十户农舍环抱古厝的小村。

首户人家的木垛便吸引我驻足观看，

它优雅堆积的木材仿佛博物馆藏品，

周遭草坪如指甲剪修葺，暴风雨在此绝迹。

"要做煎蛋，须得先打破蛋壳"，这念头突然闪现。

为何上帝让母鸡遗传抽搐，

那调整全身的丑陋意志？

赫伯特写过，鸡群恰是与人共栖的最佳范本，

他爱鸡，因它们让他想起诗人，不止波兰诗人。

难道鸡也希望不被吃掉？

木垛前立着抽烟斗的老者，宛如木雕，

"这烟丝真香！"我朝只能以目代耳的他呼喊。

"此路不通"，他回答，

我们头顶堆积起龟甲云，晦暗如旧货。

"请别靠我太近"，我提高音量，

希望缔结和平。我的心室安静无风，

盘踞着厄运，那些美丽药片将其变得透明，

可见坏血，正流向忘川。

"是啊，通向高速公路"，他小声应和。

站立一边，如废弃多年的探宝杖杵立，

尽管地底掩埋着巨大宝藏。

注：

1. 忘川（Lethe）:希腊神话中冥界河流,饮之即忘前世。

2. 赫伯特（Zbigniew Herbert, 1924—1998）：波兰著名诗人、作家和戏剧家。

第二十九首

. . . . .

新砌的露台苍白如蛞蝓腹足，

好让无壳者在暖潮中辨明方向。

我无从知晓它们的族类，

剑脊蛞蝓或虎纹蛞蝓，

千百种群在此卸下甲胄，

将居所内化为柔软肉身。

为何自愿放弃庇护？为何

拒绝背负移动的坟墓？

这些行者忽如潮水漫上露台，

从东北向西南迁徙的集体旅行。

受星轨牵引，被水汽导航。

无人愿触碰，它们挤进瓷砖缝隙时，

只留下黏液书写、肉眼无法辨识的虚无。

这无壳的软体动物终是我们的兄弟，

纵使终生无足着陆。

我的心脏盼望好转，

褶皱里囤积的带状疱疹之痛，

皮肤沟壑间发炎的神经末梢，
盼能如小蠹虫般永远消失，
与小甲虫的对话总是徒劳。
焦灼能持续多久？蛞蝓遗落的
是肉身的亲笔签名，紧挨我的鞋，
仿佛某种宣言。

我浸淫在语文学家的故纸堆太久，
一位想象力贫乏的学究，
试图用永不疲倦的整体性劳作
诠释世界。但我的练习方式是直观世界
以及深长呼吸，周而复始，
周而复始，绵延不断。

第三十首

· · · ·

有些耐心！时节尚早，雨后的世界

还未改换气息。我竟忘却，

都灵街头亦有栗树生长，

此刻听它们在石板地上爆裂，便是第一美事。

褐色小果跃过排水沟，

恍若某首瑞典语诗的韵脚。

穿行村落时，途经幽暗凝重的农庄，

畜棚传来母牛叹息，铁链丁当，

偶尔传来忘我的哞叫让心脏骤停。

"亲爱的牲畜们，咀嚼请轻声些"，

我喃喃低语，避开信号塔上

监听巨耳的捕捉范围。

想起施泰德美术馆一幅佛兰德斯画作，

1700 年鼠群悄无声息的舞步。

当白昼漫长，误解蔓延更快，

胜过认同、安宁和安慰，

上帝究竟允许多少荒诞？

步入森林时，听见八足鼠的窸窣，

我如履薄冰般谨慎，

野大黄在脚下沙沙作响……

为何巷陌空寂，广场无人？

为何归家者皆踽踽独行？

只因蛮族已绝迹，答案如此简明，

又如此无解。凤仙花纤细触须，

欲将我挽留，夜行动物寻找栖身之所，

声响在我的脑回路暗廊徘徊，

终将跃入我的梦境，跳起癫狂之舞。

用言语筑墙是否可能？不能。

第三十一首

致安吉拉·封·德尔·舒伦伯格（Angela von der Schulenburg）

· · · · · ·

有时自问，这条曲折小径

我已往复多少遍，穿越山毛榉林，

绕过木棚，在椴树荫下，

日行数次，携直线之祝福，

步入十万叶片织就的谜样晨曦，

无始无终，仿佛我的使命，

是向无限趋近，实则不过

为驱散体内吗啡的迷雾。

多少次聆听蜂群嗡鸣，

那拒绝变奏的磅礴合唱，

是为违背意愿的死亡献上的安魂曲。

"必须改变生活"的焦虑，

终将随时间消解，而系统阅读

自然之书的欲望，已被惊异取代：

万物竟能维系至今。

一只燕鸥远翔六万公里，

远过所有炮火射程。终有一日

它将追上行走陆地的死神——

沿着比我们古老的乡间小道，

商队与犬群相随，在某些国度

犬吠会被枪声掐灭。

左前方白桦林我鲜少造访，

因不忍践踏护佑它们的青草。

山谷深处，尤其"当正午

沉睡于时空之上"时，

三株山毛榉摇曳生辉，

栖居其上的鸟群自成

更高贵的社交圈，不愿与我有所关联。

我注目凝望，理解已是不能，

自从如母鸡般循直线而行，

反而渴求

那混淆视线的"之"字路，

和苦涩的邻里关系，

无人在意，是否认识。

我再度折返，再次途经木棚，

回屋登上二楼

以忧郁姿态投身文字怀抱，

我的一天方始启程。

注：

1.安吉拉·封·德尔·舒伦伯格(Angela von der Schulenburg)：诗人克吕格的朋友，其父亲是弗里德里希·维尔纳·封·德尔·舒伦伯格（ Friedrich von der Schulenburg，1875—1944 ），德国外交官和抵抗纳粹斗士。

2."当正午沉睡于时空之上"，引自尼采的名言。

第三十二首

· · · · ·

在一年最长的白昼入眠，

我梦见电视脱口秀现场，

满座嘉宾皆是龟族。

先是新闻，晚间八点档，一如往常，

扬·霍弗与玛丽埃塔·斯洛姆卡

唇枪舌剑，争夺话筒，

终由苏珊娜·道伯纳仓促收场。

气象预报时普洛格笑至失语，

疯狂戳刺气象图如中邪。

最后是安妮·维尔主持，

六只龟戴口罩相隔安全距离——

讨论特朗普仿佛其人尚在。

某龟每言必起"念及林肯……"

却总被霍弗泼水打断，

雌龟提议腐烂胡萝卜应获环保补贴。

最震撼是布拉格动物园来客：

整整一小时自述生平，

历经帝王时代，认识卡夫卡，

长居地底暗室。维尔女士
频频叩表因时间飞逝，
而该龟既盲且聋滔滔不绝。
我在凌晨四点惊醒，
而睡意已成奢侈品。

注：

1. 扬·霍弗（Jan Hofer）、玛丽埃塔·斯洛姆卡（Marietta Slomka）、苏珊娜·道伯纳（Susanne Daubner）：德国电视一台（ARD）新闻主播。

2. 普洛格（Plöger）：德国电视一台（ARD）气象播报主播，以幽默风格闻名。

3. 安妮·维尔（Anne Will）：德国著名政治脱口秀主持人。

第三十三首

· · · · · ·

我在没心没肺的时代读过的许多书籍，

此刻伫立，书页折角如驴耳耸动，

丑陋书签自切口探出似祈降白旗。

它们忘了敌手是谁，便如普林尼

笔下饥饿的章鱼，啃噬己足自毁。

那本关于中世纪荷兰教堂长椅租金的书籍，

竟比布达佩斯 1941 年版《匈牙利春秋》更摄我心魄。

关于新柏拉图主义灵魂论著美不胜收，

因为当世再无指南教导如何习得

居无定所的思维术。有人思索未来，

我则冥想作为人类剧场的森林——

与赫尔德、哈里森神交甚欢。

末者必将永居末位，因其迟缓，

更能承受冲撞、战祸与灾变，胜于那些

欲超车以抢先抵达终点的先行者。

为不彻底从生活中失联，

我绕行花园，前行至俾斯麦塔，右转

沿山毛榉林荫道徐行。两只犬迎面而来

止步低吼。祖父曾经教导：犬嗅得出恐惧，

遂厉声驱之，傲然回归怯弱者、孤僻者

和怪咖的联盟，他们不屑与强者斡旋。

当大危机固化为恒常状态，

第三次世界大战已然爆发，

而我们浑然未觉。鸽群蹒跚踱步，

如穿灰燕尾服的东正教势利鬼，

两只啄木鸟踱过草地似世界公民，

仿佛高草是自然设计的荒诞玩笑。

我欲再次讲述那个男人的故事：

他以忧郁姿态抛弃所有身份与财产，

只为在失意先知中做最笃信之人。

麻雀们活像插科打诨的小丑。

注：

1. 普林尼：古罗马学者，《自然史》记载章鱼饥饿时自噬触足。

2. 赫尔德（Johann Gottfried von Herder, 1744—1803）：18 世纪德国哲学家，历史主义哲学的开创者。

3. 哈里森（Robert Pogue Harrison）：美国哲学家，斯坦福大学教授文化史家，著有《森林：文明的阴影》《花园：谈人之为人》。

第三十四首

· · · · ·

我们本欲在这教士之角择路漫游，

却难决断确切方向。祖母总爱说：

"从这到穆尔瑙不过猫跃之距"——

她素来厌恶夸张，若论及蔡茨至莱比锡，

则称双倍猫跃。然对我们这些

当时无车也无马的人，在往昔岁月里，

纵使柏林也不过三倍猫跃之遥。

此刻迟疑另有缘故，却也是启程的契机：

细雨霏霏，行人寥寥。昔居柏林时，

每见有雨来临，我便高呼"将倾盆矣"，

只为蜷缩在沙发上重温《热铁皮屋顶上的猫》，

可供选择的还有当日剧院里的《猫……》，

或者罗尔夫·亨尼格在席勒剧院出演的《唐·卡洛斯》。

选择并不艰难，我深爱着我的美式童年。

细雨缠绵，我们在穆尔瑙下了高速，

按手相预言，若不见树木便该折返。

理查德晨间来信警示："当德国人开始

拥抱树木,危机便临",此乃安德斯所言,君特·安德斯。

这时忽见一块白床单挣脱晾绳，

飘若游魂，雨中之舞，如阿尔卑斯山幻梦

已被湿画笔抹去。而后是沼泽地，

停车场上空空荡荡。可感自然如何雕琢人性。

当我在中学里畅谈剧院奇遇，

总被人耻笑，"快从树上下来"。此刻我们

紧贴枯瘦桦树，细雨已化作冰雹，

如碎瓷片散落草间，青白相杂，

恰似祖母珍藏的梅森瓷杯碎片。

我已预见新闻标题："两蒙面漫游者，

陈尸穆尔瑙沼泽，警方正介入调查。"

注：

1.《热铁皮屋顶上的猫》：田纳西·威廉斯经典剧作。

2. 罗尔夫·亨尼格（Rolf Henniger, 1925—2015）：20 世纪德国戏剧界巨擘，以演绎席勒剧作闻名。

3. 君特·安德斯（Günter Anders, 1902—1992）：德国哲学家、作家和诗人，技术批判理论先驱，汉娜·阿伦特首任丈夫。

4. 梅森瓷：欧洲第一名瓷，源自 18 世纪初萨克森王室，仿制中国瓷器而成，自诞生以来一直在欧洲备受推崇。

第三十五首

· · · · ·

田野间鸟栖架日增，为猛禽觅食行便。

自我们直立行走，视野亦得拓展，

虽不及食尸鸟借苍穹之利，

那片我们早已弃守的领空。

我们使用无人机，窥探邻人洗菜，

这便是我们对当代形而上学的微薄贡献。

为何秃鹫未在此地扎根？

秃鹰与雀鹰缺乏神话光环，唯黑鸢

耻于为捕鼠屈尊停驻栖架。

沼泽里的大水洼吐出气泡，

今日我破译此语毫无困难。

昨夜电视展示右翼分子，

这些难以名状的庸人，正追忆幸福童年

并企图为子辈复刻一个……

将一切修剪至标准尺寸，剔除异端、怀疑者、

沉思者与叛徒，唯余乞求救赎的

媚俗刻奇。萨克森 - 安哈尔特州与

图林根州的光头党，身着皮裤，

手持年会集市上买来的塑料枪，

妄图制造"恐惧与战栗"，

那玩具原该用于射击花朵。

我忘在家中使用镇纸石，

文稿在庭院里散落一地。

一生能创造几次无限？以何种行动？

我礼赞树木，敬其树干与皮层间

苦涩的缄默。原计划在隔离结束后，

我即刻返乡，回到家园，

而今坏势力正试图拆毁我的房屋，

于是我决意不再归去。我拒绝同这些

佯装淳朴之辈合影于鸟栖架下——

那里秃鹰正守候狙击田鼠的良机。

注：

　　1. 刻奇（Kitsch）：媚俗艺术，米兰·昆德拉定义为"绝对认同生命存在的美学"。

　　2. "恐惧与战栗"：克尔凯郭尔伦理学概念，此处反讽极右翼的暴力美学。

第三十六首

· · · · ·

重读这些即将销毁的笔记，

为免后世好奇之眼窥探——

愚蠢的念头，毕竟无人会感兴趣，

偶得佳句如斯："他辍学成为乘龙快婿"；

或是乔治·曼加内利发明的药丸体小说，

抑或尤尔根·贝克的单行诗。某页边缘

另笔批注："此人偏见深重且消息闭塞——

此人何许人也？尚在人世否？"

"已知之事何足挂齿"，泰斯特先生断言。

他说得轻巧，我深知世界已是残骸，

无法再被整体描述。我们知晓一切，

或更确切地说：我们本可知晓一切，

至少无法推诿"不知情"，举目但见风戏草浪，

看似无心翻卷，实则遵循某种

值得探究却难以描述的叙事法则。

风之纪事——由钟情琐屑与宏大剧场者执笔，

剧场上言辞失智，我们失语。

风之纪事——这曲为指尖与铁拳谱写的叙事诗，

正由自然剧场前的厄运乌鸦五重奏上演，

它们不懂艺术不论审美价值，

管它是娱乐还是自我展演。

风止时分，唯闻心中应用程序的嘀嗒

在房间回响。"当我还是孩童"，

这最后一册笔记将如此开篇与终章，

以没有恐惧与战栗的幸福童年作结。

注：

1. 乔治·曼加内利（Giorgio Manganelli，1922—1990）：
意大利实验文学先驱，开创"不可读文本"美学。

2. 尤尔根·贝克（Jürgen Becker, 1932—2024）：德国诗人，
擅长以单行诗构建语义迷宫。

3. 泰斯特先生（Monsieur Teste）：法国作家瓦莱里笔下
象征纯粹理性的虚构人物。

4. 厄运乌鸦五重奏：化用爱伦·坡小说《乌鸦》意象。

第三十七首

· · · · ·

我的阁楼已被纸张填满——

叙利亚诗人的手稿、旧报纸和书籍，

被我珍藏，因为它们企图向我昭示：

疫情后的经济迷局和艰深的神学命题，

以及在沉思年代被反复推敲的世界状态。

"灵长类若失群，永难重归"，

塞普的警句在书脊间闪烁。

然后呢？它们孤独死去。当然，指纹会被留下，

在光泽膜、古树干或潮湿窗户上

停留更久，当你长久伫立。

启蒙的期限几何？何时终止？

苏格拉底在狱中练习笛曲，行刑者

在他眼前调配毒芹汁，据说他执意

要奏完那支未竟之曲。此刻我聆听

舒伯特最后一首奏鸣曲 D960，

我已听过多遍，由迪娜·乌戈尔斯卡娅演奏，

科内利乌斯寄来的唱片。

"时间在此似乎有时完全停滞"，钢琴家曾言。

她曾带三角钢琴上楼，独奏《音乐瞬间》与奏鸣曲，
我的心脏几乎停止跳动。
在那些无法度量的瞬间，
我通晓世间所有真理，阅尽书籍和画作，
却仍空如蝉蜕，为这虚空羞赧。
为将我拽回人间，乌戈尔斯卡娅续弹
D946 三首钢琴小品，直至我泪如泉涌——
这确凿证据宣告，我的心脏泵仍未停摆。

注：

1. 塞普，诗人朋友贡布莱希特（Hans Ulrich Gumbrecht）
的诨名，斯坦福大学教授，著名文化哲学家。

2. 迪娜·乌戈尔斯卡娅（Dina Ugorskaja, 1973—2019）：
俄裔德籍钢琴家，以演绎舒伯特晚期作品著称，2019 年因渐冻
症离世，离世前仍坚持演奏。

第三十八首

· · · · ·

黎明似欲宣告一个更晴朗的白昼，

它立于门前，绕屋徐行，轻叩窗棂。

我听见谨慎的撞击声，一声轻咳，

继而七山之外的报晓雄鸡

如遵守规定啼鸣三遍。昨日我再度拜访了它，

在前往法尔夏的路上，穿越沼泽，途经白桦林，

那些披着褴褛制服的树影正缓缓沉沦，

恍若苍白无力的布道者，没有信念，

没有激情。水泵房后栖居两只山羊，

髯须威严犄角峥嵘，无人知晓，

它们如何寻至此地。或许溯水而来：

自黑海沿多瑙河、伊萨尔河、维尔姆河

及吕斯溪逆流而上至此，雄鸡以坚定信念啼鸣。

茉莉与银莲花香浓使人几近窒息。

小径渐窄，唯孩童可过，或须吟唱

童谣全篇所有段落。更宜遣影子为先锋，

它深谙穿越荆棘之道。法尔夏人将村井

嵌于教堂基墙。贴耳石面，可闻流水浸润的

所有祷文：羊角号、格里高利圣咏，

乃至基里基雅哀歌——若乌鸫允准。

井水幽暗如镜，光亮照人。

然今晨清朗，椴树已备迎接蜂群攻势。

你可畅快呼吸，空气的一部分属于你，

触碰渐暖木纹的手，亦归属你。

黑暗永远在你身上，却深藏不露，

避免出现暮色，那令人目盲的混沌。

昨夜电视直播探访肉联厂，镜头百无禁忌：

日宰四千猪，胴体悬于铁架，

屠夫各取所需——厚耳、细尾、足蹄。

洁净而哀伤，一场死猪的芭蕾。

没有嚎叫，也没有鲜血。

嘶鸣早已预售，血浆渗入地球钙质岩层。

今日天气晴好，我将永远不忘。

注：

1. 法尔夏（Farchach）：慕尼黑郊区施塔恩贝格湖附近古老村庄。

2. 羊角号（Schofar）：犹太教仪式乐器，用公羊角制成，象征末日审判与救赎。格里高利圣咏：西方基督教单声圣咏的主要传统，是一种单声部、无伴奏的天主教会宗教音乐；基里基雅哀歌，亚美尼亚天主教宗教音乐。

第三十九首
致阿克塞尔·坦格丁（Axel Tangerding）

· · · · · ·

我窗前的微型剧场：一只怯场的鼠

窜过棚屋热铁皮屋顶，

这是它的今夏首秀；

乌鸫的讽刺剧与鸽群的喋喋不休，

背景里有两匹马飞奔过草场，

无人知晓，此中深意。

昨日雷雨前，见十二牛卧坡——

三头面北，三头朝西，

三头对南，三头向东，

十二牛臀皆朝向内。海悬于天际，

杯沿般的轮廓，恰似盛放百合，

两千桶水倾注其中。

此剧剧名《青铜海》，

启幕于日悬天顶，万物失影时分，

垂直天光劈落棚顶。

晾衣绳横悬于棚屋之前，衬衫长裤悬落，

至夕阳西沉于地平线天光中，

浸染离别时温柔的忧郁。

当暗夜吞噬四野，此地夜浓如墨，

几只流萤引我步入小剧场之外

无法无规的睡眠时辰。

青铜海退潮，水面光线舞动，

于我带来须臾恩典，

而后场工推开乌云重幕，月亮登场，

出现在下个剧目，出自禁书《死亡不是答案》。

每个夜晚上演同一剧目，

连场演出，偶换班底。西方云起时，

有拄杖老者预言："雨将至。"

雨便如期而至。关键在于忍耐：

日复日，夜复夜，从已塑之"不复"

滑向未形之"尚未"，

整个夏季都这样度过，

直至落叶纷飞，在我的梦中，

在我的剧场里。

注：

1. 阿克塞尔·坦格丁（Axel Tangerding）：德国当代实验戏剧导演，创建慕尼黑实验剧场 Meta Theater。

2. 青铜海：《列王纪》记载所罗门圣殿铜制祭器，此处隐喻凝固的时间之海。

第四十首

· · · ·

今日在两次雷暴间歇，我穿过沼泽地，

一犬伴我同行——这怪鸟，

体形硕大，竟能谛听。

它对文学、音乐、哲学，乃至植物学，

包括毛毡苔与酸沼草皆无兴致，

连可爱的羊胡子草亦难撩拨。

我的父亲曾莫名痴迷柴可夫斯基，在长途漫步时

哼唱其旋律，如背负悲伤的宿命。

我们途经霉烂马粪堆，蝇群萦绕如音符乱舞。

那犬匆匆解完内急，随行依旧，仿佛沉默才是它的母语。

"来点政治议题？"当我谈及民粹主义

与民主终结、自由选举，它低声哼哼。

"我们近乎不受法律保护，据说受虐时，

竟然无人发声"。驻足蓝莓丛时它诘问：

"众皆惶论末日，究竟何物将尽？"

"自主权！"我干涩作答，"自主权！

重大决策总被愚众的喧嚣淹没。"

蓝莓果实累累，我忘带容器盛装，

无法带回家清洗。无常暗影掠过沼泽，

我哼起柴氏小提琴协奏曲——复沓的福音，

鸟群中的布道者亦随之放声应和。

"若您愿意"，我对犬低语，"可趁夜深

相会于此，当流萤占据虚空之地，

幻影与魔法蜃景交织"。

而该犬已径直奔赴前方，

沿着"疯人边缘"，奔向终点。

注：

1. 主权（Souveränität）：政治哲学核心概念，指人自主决断的能力。

2. 疯人边缘（Narrensaum, lunatic fringe）：历史学家汉斯—乌尔里希·韦勒用于指极端民粹主义团体。

第四十一首

· · · · · ·

夏日突袭，携雨掠过施塔恩贝格湖。

是时候追忆昨夜那只蟾蜍——

它从房屋基座的裂缝中挤出，布满疙瘩的皮囊

如充气床垫鼓胀，无牙的嘴恰似乳头。

祖母的叔父，一位专门研究"薏苡"的专家，

曾想用蟾蜍腺体液混合

这诨名"约伯之泪"的植物伪果干粉，

作为治疗一切癌症的秘方。

（治疗疔疮，他推荐干蜈蚣粉，

此药唯秘传者方知珍贵。）

在我诞生之年，他造访我的祖父母，

这对基督徒拒信任何伪果神力。

时值 1943 年，土耳其斑鸠首现西欧——

这新物种如推销约伯之泪念珠的叔父，

只在天主教区贩卖，避开以蟾蜍闻名

且笃信新教的萨克森 - 安哈尔特州。

我家门廊中的蟾蜍却深爱这场骤雨，

它们近乎凝滞地瞪视虚空，仿佛要

从羊皮卷中解开未知大陆的奥秘——
在那里"约伯之泪"确能驱癌。

我们聆听阿巴多指挥欧洲室内乐团，
奏响海顿《月亮世界》序曲，
这是欧洲大陆最后一个仍信奉欧洲的机构。
无从分辨，耳畔是终结的序章，
亦或序章的终曲。当海顿的序曲
尾音消散，蟾蜍消失，
雨水也一起退散，
另寻一块荒原，
过夜。

注：

1. 约伯之泪（Lagrima de Job）：薏苡属植物，种子常用于制作天主教玫瑰念珠。

2. 萨克森 - 安哈尔特：德国新教改革核心地区，路德曾在此翻译《圣经》。

3. 克劳迪奥·阿巴多（Claudio Abbado, 1933—2014）：当代著名的指挥大师，1992 年组建政治象征意义的欧洲室内乐团。

第四十二首

· · · · ·

风铃草遍野，其声流转于阿拉斯加

和西西里之间。昔年复活节在希腊诸岛

曾闻其清音：在林多斯卫城下，

格里夏斯宅邸露台石缝间，

品达曾踱步低吟颂诗（我猜想是第十一首），

在佩夫科斯，克劳斯和艾丽卡的待客小屋旁，

处处可见风铃草。然彼时未识髯钟草，此刻，

它正绽于沼泽前草地，本不该在此驻留的

文化入侵者，却与本地物种相映成趣。

髯钟草，愿纯粹主义者

在它尚显眼时视而不见。

哈里发奥马尔焚毁亚历山大图书馆，

他梦想建立托管思想的学院，

让倒霉的家伙与替罪羊中的小精英

研习圣典。暮色中的沼泽人迹杳然，

雾气升腾，世界似在无限中消融。

纵然眼前铺展着琐碎之物的美与尊严：

遗落的蜗壳，蛞蝓的虹彩。

若非鸽群以平庸的絮叨侵扰，

寂静的威权本可彰显。

心存一曲甚好，纵歌词散佚，

唯余意象盘桓。

"该采撷这髯钟草否？"此问终成终极诘问。

我们这里千载以来新植物不断归化，

为何要终止这一过程，

于是我们采撷后离去。

注：

1. 品达：古希腊抒情诗人，其颂诗结构严谨，影响后世欧洲诗歌韵律。

2. 佩夫科斯（Pefkos）：希腊罗德岛南部海滨村落，希腊语意为"松树"。克劳斯和艾丽卡是德国作家托马斯·曼的长子和长女。

3. **髯钟草**：学名 Campanula barbata，阿尔卑斯山区特有物种，风铃草的一种，花萼密布绒毛如须。

第四十三首

· · · · ·

一

彼得与其子共刈下坪草场，仿佛

雷暴前夕两架拖拉机前的一场芭蕾。

此刻四十捆草垛银光流泻，

恍若为荷兰画派静物写生所设。

两小时后，鲜绿镶边环抱明净方域，

如克劳德·洛兰《示巴女王登舟》中的海港天穹。

我刚读过卡尔海因茨·吕德金赞赏洛兰的文字。

再两时辰过后，万物浸染赤色，

仿佛达利的癫狂天空，正蚕食理智。

伊甸园本非浑圆？ "若要忠于真相，

需抵抗现实"，吕德金写道。

我举目抬头，彼得·胡赫尔耳语低徊：

"草叶直立／如真理显形"。蓦然，

草场空寂，似铺上一块长年晾晒的布匹。

真正的天空犹在，然画笔才情枯竭，

水彩黯淡，更宜充作天气预报背景，

而非为祈求之眸而作。

"尘世无常"，使徒保罗宣告。

我现在必须长久等待，直到蓝灰草浪

再度蔓生——真理却不再返青。

二

此刻白猫越过昏暗的原野，

将鼠群逐入

幽深地穴。

注：

1. 克劳德·洛兰（Claude Lorrain, 1600—1682）：17 世纪法国巴洛克画家，法国风景画的开创者。

2. 卡尔海因茨·吕德金（Karlheinz Lüdeking, *1950）：德国权威艺术史家和理论家，柏林艺术学院教授。

3. 彼得·胡赫尔（Peter Huchel, 1903—1981）：东德诗人，以风景诗著称。

第四十四首

· · · · ·

花楸果色此刻与棚屋的红砖趋同，

苔斑浸染处，恰似花楸叶影婆娑。

微风起时，山毛榉枝拂过棚顶，

仿佛欲以谬绿，重绘苍穹。

昨日读罢的艺术史史论，

产生于好色的爱奥尼亚天空下，

今天感觉我们的天空，不过是

阻遏某个好色天空的拙劣尝试。

"为何是'阳天'（der Himmel），而非

'阴天（die Himmel）'或至少'那天（das Himmel）'？"

某女教授断言："性属（Genus）提供的性别化提案，

在人类社会达到至高效力。"此论无懈可击。

悼念蜗牛的死亡：昨日它仍执拗，

爬过露台浅色瓷砖，今朝唯余

纤薄残痕如面纱。

我将手掌覆于这沉默生灵的

最后印记——它曾以失语之躯

直面尘世喧嚣。他处，此物

正被热油煎炸佐餐，佐以

"红酒不超过一升"的法语箴言。

甚至连风也忽然止息，山毛榉果

刮擦棚顶的碎响随之停止片刻。

为何棚屋并非阴性名词？

棚屋内万物谦卑，镰锄铁锹皆兄弟，

纵其名讳，各带性属。

夏日午后斜阳中，

尘柱旋舞时，莱奥帕尔迪，

荷尔德林的一位传人，翩然而至，

与我共书数行于松软的尘土：

非常熟练，非常神秘和无可言传的清晰，

"万物皆虚空，唯美之幻存。"

注：

莱奥帕尔迪（Giacomo Leopardi，1798—1837）：19 世纪著名意大利浪漫主义诗人。

第四十五首

· · · · ·

又是这样的一天：群鸟掠过我的窗前，

似将迟到，惶惶恐误变形之期。

其实每个孩童都知晓⋯⋯唯知更鸟

驻足数秒，栖于窗框凝望我，

如宗教狂热者般震颤，为祈祷整顿仪容。

与斯托扬·克布勒的摄影作品

对话一小时后，今觉更易书写

这些圣洁美词，与日常絮语交融：

同简泽克在雏菊丛中，与衣衫褴褛的萨姆，

还有巴拉坦耶牲口市场戴帽男人们，

他们貌似偶然飞过的黑鸟，

只为不错过关于奶价的高声争论。

须修剪山毛榉上的常春藤，趁还未太晚，

藤蔓已攀至树冠光晕处，蓝色薄雾

已无法与七月晴日嬉戏区分。有帧照片：

微笑少妇将乳猪置入保温木箱——

恰似吾家旧物。传说此类箱匣

曾贮待嫁妆奁。睹此记忆影像的烙印，

方知 20 世纪尚未结束。

知更鸟辞别，尾羽轻颤，

转瞬无踪，仿佛从未存在，

从未看见过我。

注：

1. 斯托扬·克布勒（Stojan Kebler, *1938）：斯洛文尼亚纪实摄影师，以拍摄巴尔干半岛乡村生活闻名。

2. 简泽克和萨姆是巴尔干地区常见的名字。

3. 巴拉坦耶：克罗地亚内陆小镇，保留中世纪牲口集市传统。

4. 保温木箱（Truhe）：中欧农家传统松木箱，内置铁皮隔层填炭保温，常作传家信物。

第四十六首

· · · · ·

终于！众蜂准时聚于三株椴树，

选定一株栖定，嗡鸣渐起，排练启幕。

帕莱斯特里纳最先发声，

纯粹单声圣咏，日复日攀升至

牧歌与哀歌之巅。

八月节目单列古典名作，以苦痛终章。

谛听蜜蜂格里高利合唱者，

将世界区分为救赎之日与其他日子

群鸟缄口，因其深谙礼数。

当它们启喉，我们便知

何者将临，何等欢欣：

"啊，乌鸫！可预见的可靠"。

我们自身亦宜静默，

缘由殊异，且踏上归途。

须谨防熊踪，

因熊非但通晓猎人所思所言，更了解我们，

熟悉我们关于生活材料日渐稀薄的自我言说。

当然，熊亦嗜蜜如命，

无人期待我们发声。

毕竟这音乐会本未将人类列入座席。

注：

1. 乔瓦尼·帕莱斯特里纳（Giovanni Pierluigida Palestrina, 1525—1594）：16 世纪意大利作曲家，反宗教改革时期复调音乐集大成者，其作品被誉为"天使的歌唱"。

2. 牧歌（Madrigal）与哀歌（Lamentation）：文艺复兴时期两种重要声乐体裁，分别对应世俗情爱与宗教悲悯。

第四十七首

致嘉布里艾拉 · 赫尔佩尔（Gabriela Herpell）
· · · · · ·

露台亟待重铺地砖，

因旧红砖已镇不住沸腾的地脉。

初时砖缝间蔓草滋生，

稍加拔除便牵动整片地基；继而

金盏花属的桂竹香探出绒臂，刺破溽暑。

我曾天真地以为，曾经得到过帮助

毕竟古法煎煮桂竹香疗愈脾疾，

然此念何其自我中心。这地衣绒枕

不过欲搅动地表安宁。

往昔我尚能凭角果形态

分辨野芥与庭荠，而今识别能力渐褪。

地脉终现真容。

我的上帝啊！地砖下竟是

甲虫、蠕虫、蜗牛、幼虫的狂欢盛宴——

无一愿重见天光。我窥见了渴求的真相：

石下生命竟与人类如此相似。

我四肢着地惶惶爬行，寻隙遁逃，

不复直立之姿。世界于我似成虚妄，

屋宇、林木、山丘——这无法割舍的

美丽幻象，是否犹存？直至脊背触到

蒙塔莱笔下的虚空之美，耳畔响起

那缕细弱诗音。

此刻正是良机，我进入屋内，

如圣人凯文般探身窗外，摊开右掌，

容乌鸫筑巢产卵。

露台新铺的瓷砖皓白如雪。

注：

    1. 嘉布里艾拉·赫尔佩尔（Gabriela Herpell，*1959）：德国《南德意志报》的女记者，本组诗的编辑。

    2. 桂竹香（Schöterich）：十字花科植物，中世纪欧洲用于治疗脾脏疾病。

    3. 野芥（Bauernveigel）与庭荠（Gänsekresse）：二者角果形态相似，考验植物分类学知识。

    4. 埃乌杰尼奥·蒙塔莱（Eugenio Montale, 1896—1981）：意大利隐逸派诗人，其诗作常探讨存在的虚空与美的幻象。

    5. 圣人凯文（Kevin）：公元 6 世纪爱尔兰修士，据说祈祷中有乌鸫鸟在其手中产卵，他摊开手掌保持姿势直到乌鸫鸟孵化。爱尔兰诗人谢默斯·希尼作有诗篇《圣人凯文与乌鸫》。

第四十八首

· · · · · ·

诘问如是："为何向日葵籽

不可萌发为仙人掌？究竟何故？"

我攀上观测台，欲俯瞰大地——

暮色中发亮的沼泽小径，冷雨

敲打漠然的蓝莓，荨麻的气味我情有独钟，

以及腐烂的桦树。我本欲见证溪流的涨溢，

和逐渐褪去的铁锈色，实则只为占据更高处，

便于思索于尔根·戈尔德施坦之问。

攀援途中拾得瓷片，沉没文明的

残骸永葬泥淖。他人欲登月，

求观地球全貌，我登上五级晃梯，

已经心满意足。素来羞赧于言说"人类"，

每吐此词便欲逃遁藏形。而今离地五米，

高过湿灌木一头，竟稍得解脱。

下方鸟雀痴狂啄击沼地，似寻秘藏。

视野愈阔，未知愈多，此即悲哀真相，

却让有些人欣喜渴求。何必苛求是仙人掌。

若得三手四目如蝇虫，我们便可后顾无忧，

毋须转身御敌。当雾霭散尽,这无观众

无配角的宏大舞台,阿尔卑斯山影

终现天边。

注:

  1. 观测台(Hochsitz):中欧森林中用于观察野生动物的
木制高架台。

  2. 于尔根·戈尔德施坦(Jürgen Goldstein, *1962):德国
当代哲学家,科布伦茨大学哲学系教授,主要受到汉斯·布鲁
门贝格影响,致力于自然史、思想史和文化史的研究。

第四十九首

· · · · ·

今晨四时，朝阳初试攀缘地平线，

屋东边传来的异响将我唤醒，乍看空无。

乌鸫正清理昨夜雷暴残局，

鸽群佯装不知冷漠乃重罪，

蜂群未决今日行程。正欲返榻，

忽见一列东瀛形影：秃顶侏儒

蓄纤长须，陈年苹果般的面容，

枯指于马厩后撑开巨幅素绢，

以夜雨润土三笔两抹，绘就

浮世绘景，令我忆起葛饰北斋。

暗忖若老天再借五载寿命，

必蒙头酣眠放任世界自生自灭。

七时许，万象尽湮。部分蜂群

痴恋矮株百里香，如紫疹蔓延

遍染屋前草坪，须慎防螫刺。

流动绘卷重凝为静态巴伐利亚田园，

未见我苦苦等候的神奈川巨浪。

唯余侏儒残响：渐弱的喘息声

与远方的窃笑。"唯虚空不证自明",
我对镜低语,镜中映出笨拙复刻的
无动于衷之我。

第五十首

· · · ·

到此为止，

我几已道尽，或触及所有。

此刻该让万物，

自陈其辞。

第二部分
· Chapter 2

可 言 说 之 物 ， 尚 余 些 许

蟋蟀驱邪曲

· · · · ·

诚然这是圣咏，纵使有人
从中分辨出调和圣仪的残响——
榛枝自左边拂过紧闭的眼睑，
抵御邪视的护咒。据昆虫志载，
沼泽草蟋的鸣唱较家蟋明显滞缓，
此乃摩擦器齿突数量使然。
若欲研习螽斯颤音，宜登
观测台，彼时声波将穿门而过，
分隔夏秋的门扉。是时候确认
你停留在了哪一页。幼麂亦侧耳
聆听抄经人复刻抄经人之声，
循环往复终至轰鸣，惊起鸽群，
如被赦免的囚徒四散逃逸。
此刻当离弃缄默的观测台，
重返尘寰，如自山巅徐降
踏入湿草丛，在饱浸雨水的蕨叶下
演练这易碎的咏叹。
须将头颅深埋大地，直至

沼墨染黑舌尖，方可在乐谱末页

签署题跋：inceptus sum，我乃被造之始，

须得一终章，配得上这庄严的开端。

露出线头的毛衣
纪念我的兄长彼得
· · · · · · · ·

旧衣须尽披挂，家训如此，

不可丢弃，譬如那件灰毛衣，

曾经历两次高中毕业，

一次在我兄长彼得身上，

一次在我身上。

它的衣摆曾被我俩的冷汗浸透，

当我们第一次获准在卢米纳影院

观看大型电影如《人猿泰山》，

或彼得·乌斯蒂诺夫主演的《暴君焚城录》，

母亲尊称他"彼得爵士"，仿佛家族成员。

衣摆须加固，因年久磨损露出线头，

然毛衣本身价值未损——恰相反，

"万物边缘皆露出线头"，父亲断言，

"故需时时修补"。草甸、河川、

海岸、疆域皆然，更遑论我日益稀薄的知识，

不知该以文学、哲学，抑或艺术史

作补丁？求知愈切，崩解愈甚，

边缘溃散成纱线。而后"理论"来袭，

在国境上筑墙固守飘摇政权，我们却在

彼岸苦哨无疆界的学说，以边界开放为荣，

自然无果而终。知识若常易其位，

终将溃散成畏光的暧昧。许久方悟：

众生皆然，愈求知愈匮乏，

需购入更贵的新毛衣。

我想起藏在地窖木箱中的灰毛衣，

旧时被唤作"尼基衫"的那种。

虽然散发古怪的气味，却依然可穿，

只是形骸松垮，却固守某种形制，

正好适合我的身形。

近日一位哲学家朋友赴宴，

盛赞此衫，最后我坦然承认：

此乃亡兄的尼基衫。

注：

1. 彼得·乌斯蒂诺夫（Peter Ustinov, 1921—2004）：著名英国演员，曾出演《尼罗河上的惨案》等著名影片。

科西嘉一夜

贺胡博特（Hubert）八十寿辰

· · · · ·

夜色四合，我听闻夜禽惊啼，

异于世上所有啼鸣，

起身至门前，见门扉紧锁，

从锁孔窥见柏影幢幢，

好似密探，而非守卫，

在清晨与泉水攀谈，

似乎在为晴朗一日致谢。

猎户座高凌屋宇，为灰狐指路，

如何潜行至海滨泥沼，

那里众鸟在地里筑巢孵梦。

我返回榻上，屏息倾听，

拳头紧握，抵于颌下，

静候夜晚是否亦赐声于我。

"水退落时，大石会显露？

星星坠落时，会震响天穹？"

邻人将玻璃碎片嵌于墙头，

阻挠那些暗影潜入花园。
难以置信，恰恰是我，
在此刻畏惧夜的重量，
以及它悲哀的神话。
禽鸣未得应答，死寂骤临。
百里香与新垩墙气息交织，
还有薰衣草与柠檬香，
风从山那边，送来
马基亚灌木群落的芬芳，
沁入我清凉居室。
然此鸟啼忠于我，萦绕不息，
如饥似哀，如俗世狂喜，
即便世上的汪洋难平，
况乎那些浅薄的认知，
在夜间垒成巨大的画像。
倾听那些小动物的声音，
它们在此刻撰写自己的世界史，
还有盐粒窸窸窣窣在花园滚动。
不，不，这不是悲剧素材，
或者，恰恰就是？
而后，我必已进入梦乡，
梦游神之寒冷困顿的迷宫，
直至破晓，白昼与我称兄道弟，
此刻，众鸟霎时齐醒。

注 ：

1. 胡博特（Hubert Burda）：出版家，诗人克吕格的老友。

2. 马基亚群落（Macchia）：科西嘉岛特有灌木植被，由芳香植物构成，混杂着岩玫瑰、乳香黄连木、娘金娘、霸王树和矮橡树等常绿灌木，易燃且具顽强生命力，象征地中海荒原精神。

万物关联

致西吉 · 毛瑟（Sigi Mauser）

· · · ·

屋后山坡上，羊群入梦

——据称是石楠羊——

纤足凝立如雕塑。

暗黑羊毛裁作僧袍，

为普法芬温克尔的神父缝制，

令其诵念古语经文时

至少保有体面。

或为法官与检察官织就法袍，

纵无正义可宣，亦必须端坐判台。

傲慢与偏见被织入经纬，

使其在"以人民名义"起立时，

袍裾垂顺如瀑。雨丝亦属

最为纤细的织物。墓园里新冢

犹待石碑，以防亡者改变心意。

荷尔德林耗时六周，

自施瓦本徒步至波尔多，

将写诗的才能收进行囊。

他露宿道旁，睡于车前草与野罂粟间，

只为深刻理解大地。

理性的至高行动，

是一个审美行为，真与善

唯在美中缔结盟约。

我随性漫步，甚至慵懒云影

超过了我和我的身影，

连身侧柔和的倦溪，

亦早怀海洋之梦。而我终难释怀

那些细颤足踝站立的羊群。

注：

1. 西吉·毛瑟（Sigi Mauser,*1954）：德国著名钢琴家和音乐教育家，曾任慕尼黑音乐学院校长。

2. 石楠羊（Heidschnucken）：北德荒原特有绵羊品种，以啃食石楠为生，羊毛呈深灰色，脚踝纤细。

3. 普法芬温克尔：巴伐利亚州西南部地区，以密集的修道院群落著称。

4. 荷尔德林 1801 年徒步前往法国波尔多担任家庭教师，此行对其后期诗风转变至关重要。

阿尔曼斯豪森的羊群

· · · · · · · · · ·

将面包置于窗台款待过客，
或将牛奶置于夕照不及的
厨房敞窗——如此便可卸去
奢靡欲望的负担。目遇风拂叶影，
耳闻群鸟嘈嘈切切音符的合奏曲。
我们的屋宇所踞的小山脚下，
现有羊群栖居。仿佛某异教宗派的信徒，
它们佯装不觉世人对其奥秘的窥探。
晨光中它们状若不断抖动的石头，
自蓟丛下的土壤中挤出；
正午散播可疑的静默，
以讥诮的优越感兀自啃食，
似欲转移对其贫乏戏码的关注；
至午后，便如舒芙蕾般瘫软坍缩。
我们须以目光长久追随它们
毛绒的优雅与诱人的缄默，
方悟这群生灵无需人类，
纵使我们百般乞求它们的爱。

我们倚栏而立直至日落，
风奏起布鲁斯掠过羊群，
而它们正梦见某沉没世界里
涌流不息的活水之源。

注：

1. 阿尔曼斯豪森（Allmannshausen）：慕尼黑西南施塔
恩贝格湖区的小村庄，诗人米夏埃尔·克吕格的居住地。

枯木志

· · ·

下方草甸上

入梦的棚屋，

必有野狐潜行而过，

折断了恶魔爪，

那片蓝影镶在沼地边缘，

潮湿土壤起始处，

苦味草的王国，

鹳啄花与巫蒜共生。

在另一个年头，

乌云曾凝滞三日，

盘踞湖面，直至风施展绝技，

将其驱散，让位给另一朵，

由无名黑鸟聚成的急云，

鸟的名字村中已无人可识。

若非狐踪，定是獾迹。

我收集枯木，

在橡树、榆树、椴树下，亦在

不幸桦木的树荫下，

它们已经得知自己将不久于世。

连树底光影都惶惶不安。

呷舌的雾霭穿过灌木，

雨水连连。无药可救，

诚然无药可救，

我寻不着其他话语。

当此刻骤起的风，

盲目攫取我，令思绪唯余

夏日草甸：譬如风铃草、苦味草、

海石竹与当归，以及废弃的

异教修道院——那里的黑羊

反刍着亘古沉默。

注：

　　1. 恶魔爪（Teufelskralle）：菊科植物，果实具钩刺，常用于传统草药。

　　2. 苦味草（Schaumkraut）：十字花科植物，常在湿地生长。

　　3. 梣木（Eschen）：梣树因真菌侵袭在欧洲大面积死亡，成为生态危机的象征。

秋日的开端

· · · · ·

沉默

雨中伫立的羊群。

它们通晓蓟草与青苔的

全部奥秘，蓟草与青苔

亦洞悉羊群的所有。

鸟群拆解了它们的营地，

欲挣脱脚下土地，

雾霭拒绝交易。

纱窗粘着黄蜂，

是风在拨弄它们的细足。

此刻应将心脏速系于某物，

以忘却时间的重负，

与酝酿虚无的权柄更迭。

毕竟我们尚存一息，仍识得

望见羊群时幸福的毒。

注：

1."幸福的毒"：化用波德莱尔《恶之花》中"愉悦如毒药"
的意象。

万圣节

. . .

今日枫树卸尽华服，

落叶如王陵覆压草甸。

国王王后遁入尘烟，

宫廷侍从凌乱相叠，

精英与庶民再无分野。

黄色叶片组成的卡片箱，

正被微物生灵潜心研读。

陵中所获尽数重归流转，

因理性昭示：堕物不可尽弃，

此律对我亦有效。

觅得铁铸匕首一把，无指纹可循，

和落叶一片，状若上帝之耳。

可知晓？恰似上帝之耳！

陵下草色犹青，

在这季节堪称神迹。

万圣节实乃悲伤之别称，

教科书未载的哀恸。

其势磅礴，凡俗生命

难承其重。

注 :

1. 卡片箱（Zettelkasten）：指德国社会学家尼克拉斯·卢曼的卡片笔记法，此处隐喻自然界的知识系统。

2. 上帝之耳：化用《诗篇》34:15 "耶和华的眼目看顾义人，他的耳朵听他们的呼求"。

一只蚊虫的请求

· · · · · · ·

我的申请在您看来或许怪异，

您定将我视作仇敌，

但至少请听我一言。

我所属的种族比您古老

（若我判断无误，

我们将比您更长寿：

全球变暖开辟了新的生存空间！）

您定然知晓我们在琥珀中的印记，

普林尼的记载无需赘述，

艺术史中也遍布我们的身影。

容我旁注：正是我们，

迫使亚历山大大帝从印度撤退，

我们投入了数十亿战士；

那些阵亡同胞流淌的

正是你们的鲜血。

至于我们参与的其他战役，

在此不再赘述，一切皆可查阅，

在那些真正睿智的史册里，

那些不只记载领土扩张

而着眼全局的典籍。

当你们固守土地法权时（属地主义），

我们主张血脉法权（属血主义），还望海涵。

简言之，我只有一个目标：您的血液！

确切地说：没有您的血液我无法存活，

我需要蛋白质延续后代。

我明白，我们的乐章在您耳中如同魔音，

但我们的实力远不止表象所示。

更别忘了，我们引发的诸多疾病，

无需上报卫生部门。

您终将认识我们，

当来自温暖地带的兄弟北上

建立新的族群版图。

不妨告诉您，

您所谓的身份认同，

您的自主权，

不比寄居淋巴管的班克罗夫特丝虫

更高贵。

简而言之：我们应当合作，

因为我们更强大。

我们必将比您长寿，

而你们的存续尚存疑问。

我与三百余手足，

诞生于旧轮胎积水，

如今已存活五日。

按你们发明的统计，

极限寿命当为六日。

留给我的时间所剩无几，

或许您不该闻声便拍，

且听我这将死者的独白。

葬仪考

. . .

我自然无从考证真伪，
传说是善妒的赫拉，
命泰坦神族将黑羊毛裹身的
解忧者狄俄尼索斯，
从王座拽下醉卧的他。传说中，
他们撕碎神躯，炙烤至酥脆，
以便欢宴啖食。
怎样处理残骨？
西藏的风俗是请天葬师
将遗体肢解十又二份，
投喂鹫群。鹫啄肉愈迅猛，
则意味着，逝者生前愈清白。
我则效法萨满古仪，
待破晓采骨以净土涤洗，
葬于杜松树下。

注：

    1. 狄俄尼索斯：古希腊酒神，象征狂欢，其被肢解的神话预示再生仪式。

    2. 天葬师（Ragyapas）：西藏职业葬仪师，通过"施鸟"完成灵魂转渡。

九月，雨

致米克洛什·塔马斯（Miklós Tamás）

· · · ·

土地松软，如布丁，

行走恍若踏卵而行——若"行走"

尚能称述此般位移。

至少在此可卸下面具放弃间距，

因我们共栖同个世界，

纵然棺椁形制各异，

供应链时有滞塞。

仪式仍存差别：

殓后宴饮，葬前圣咏，

但十字架——十字架终不可夺，

纵民主暂歇，纵巨额债款，

幸而无须我们偿还。

且看右侧道旁蓝花盛开，

在我们应行之处，

如何穿破坚砾而出！

据说蓝花终年盛放，

雪覆寒冬犹见芳踪。

但勿触碰，其毒甚烈，

泡茶亦不可得。

可睹猫群掠过草坪，

宛若搜救队寻人，

所寻何人？霪雨霏霏，

难以察觉谁人已逝。

唯转身时得见，

我们的屋舍倾颓，似乎

不是石头所建，而是沙筑，

本来就不该有人住过。

注：

　　1. 米克洛什·塔马斯（Miklós Tamás, 1948—2023）：匈牙利马克思主义哲学家。

南瓜偈

. . .

南瓜现在遍地可购，

红黄皱皮愠怒小球与

可以滚动的慈眉佛陀，

价廉几近于无。

某颗温润的南瓜朝我眨眼，

似欲吐露私语，

关于紧贴大地的生活，

我如合拢的书册哑然，

唯张口呆立。

这一幕出现在前往奥夫基兴途中，

在那小圣堂内，

我常祈求神迹显灵，

而外头鸦群正演练复调圣咏。

幸得羊群漫下山岗，欲倾泻

对这完满虔诚的满腹狐疑。

注：

1. 奥夫基兴（Aufkirchen）：巴伐利亚州古老朝圣村落，其圣母堂以治愈病痛的奇迹著称。

云杉树下

· · · ·

云杉亦在喘息，

清晰可闻，裂纹躯干处可闻其声。

高枝上

悬挂玛耳绪阿斯的残皮，

此间无人知晓阿波罗与里拉琴。

他要求得过多，因此

未能如迈安德河源头的

萨提尔独自奏鸣。

此地河流亦富含铁质，

在斜阳下化作黄金，

流入沼泽后的花园——

那里精心培育唇形科的花草：

犬首花、牛鼻草，戴着下唇外翻的假面，

及尖舌的罪人草。

黄金河流滞缓，可徐步相随，

悠然编织关于余暇的故事。

村后果园金鱼草丛后，

云杉恰似受刑的玛耳绪阿斯。

须倚干而坐，方能听闻

哀歌如宏大圣咏。

注：

1. 玛耳绪阿斯（Marsyas）：希腊神话中因与阿波罗竞艺败北被活活剥皮的森林精灵萨提尔，象征艺术家的受难。在这场音乐竞赛中，阿波罗使用了里拉琴，玛耳绪阿斯使用了笛子，缪斯女神担任裁判。玛耳绪阿斯死去后化为河流。

2. 萨提尔（Satyr）：半人半羊的森林精灵，常与狄俄尼索斯狂欢仪式相关。

3. 罪人草（Armsünderkraut）：中古德语对琉璃苣的别称，因其绒毛令人联想囚衣。

终章

· ·

群鸟已开始集结，
振翅掠过瑕疵与缺憾。
这是八月的最后一天。
我的十四支彩铅，
绘成斑斓幻象。
若将其并置，
便成玫瑰念珠，
上帝由面饼制成。
时间仁慈，
它将钟表赠予树木，
树木以落叶致谢。
纵使如此，我们仍需预订
明日与后天的餐食。

注：

1.玫瑰念珠（Rosenkranz）：天主教祈祷用具。

崩界

· ·

下方湖畔有一船屋焚毁，

焦味直抵高处——这陌生气息

迥异于惯常的落叶篝火。

整日都可听到消防警笛长鸣！

燃烧的船屋漂向湖心，

可以想象，志愿消防员无一能阻挡。

此为前日事。昨日，

距火场百米处，有位潜水员溺亡。

湖底蔓草缠身。

据说此地水草丰茂。两年间，

这是第五位殒命者。

死者的塑料相框缀以塑料花，

临水而立。

死者神情肃穆，

似睹不可承受之物。

今日潜水者再度来到湖边，

背对水域，身着黑色潜水服

装备有蹼和鸣响的装置，恍若异界来客。

他们倒行入水，

与亡故同僚在塑料相框中凝视。

"你们在水下所寻何物？"

我曾问及现已成逝者的邻居，

那位保险经纪人，

其妻卖掉了旧屋，

随他的挚友远走他乡。

"并非直接"，他曾答，

"但湖心有处崩界，

崩界彼端开启法则迥异的世界。"

我当时默然以对，如此刻长椅独坐，

湿炭气息萦鼻，凝望那只

独居的凤头䴙䴘。我们相识四载，

这寻常灰羽总爱潜向湖心崩界，

那异世开端。湖南岸的群山今日

如新漆般闪耀，沐浴着

此地未现的幻阳。

西风乍起，对岸乐声渡水而来：

先是管风琴，继而钢琴与咏叹。

此刻踏过湖水与崩界

抵彼岸，或非难事。

赤陶谷记

伦格里斯山谷

. . . .

坐在木质长桌旁，一顿晚餐：

面包、酒和清水，店家

自泉眼汲于蓝陶罐的清水。恍若

在米兰恩宠圣母堂多明我会修院——

当尘埃落定，鸦群飞起，群鸦拼死将祷词

染作墨色，窒息了圣咏。

来自亚历山大的卡利马科斯如何与鸦对谈？

曾有苦涩的唇吟咏过古老的叙事诗章《赫卡勒》？

我们在启程前再饮一轮，此生不复相见，

夕阳垂落，染马厩为赤陶。

人们在此晚餐，受到诘问乃铁律。

世间饥馑，终难慰藉，

幸有这张长木桌，

记录在我的欢愉白皮书内。

注：

1. 伦格里斯山谷（Lenggrieser Tal）：巴伐利亚阿尔卑斯北麓冰川河谷，其赭红色岩层造就独特地貌。

2. 恩宠圣母堂（Santa Maria delle Grazie）：达芬奇《最后的晚餐》壁画所在地。

3. 卡利马科斯（Kallimachos）：古希腊诗人，亚历山大里亚诗派的代表，应托勒密二世邀请主持亚历山大图书馆，代表作为哀歌体的《起源》。

4.《赫卡勒》（Hekale）：卡利马科斯撰写的叙事诗，描绘了贫穷而单纯的老妇赫卡勒的形象，她在家中款待雅典国王忒修斯后离世。

梅克尔软骨考

致罗塔·施尔美尔（Lothar Schirmer）

· · · · · · ·

当我们睁开眼睛，世界浴于火中。

所有人都选择红药丸，

镜面被太多次穿越，

连德国牛奶也已酸腐。

哥廷根某解剖学家在 1800 年左右

将其父骸骨剔净，有充分的理由，

陈列于家族私藏馆。而今，

超额死亡率已经暂时显现。

此君与我诗人朋友梅克尔同名，

精于研究畸形学，因研究

第一鳃弓软骨条青史留名。

一方面，人类曾自以为

对人类无所不知。另一方面，

有证据证明人类的无知。

他名约翰·弗里德里希·梅克尔，

哈勒大学教授。如今连至简之物

亦成谜题，唯余对生命风险的权衡。

诗人克里斯托夫·梅克尔亦将进入史册，

因研究纳粹时期的父亲埃伯哈德。

他父亲同为诗人却被彻底遗忘。

埃伯哈德曾以沃尔夫·罗伯特·格里彭克尔为博士课题，

这位"德国莎士比亚"于 1848 年

担任不伦瑞克大学编外教授，卒于贫民窟。

其墓于 1937 年免遭平毁。

唯约翰·弗里德里希·梅克尔与其软骨

不曾被遗忘，1967 年他的遗骸迁葬

并收入其解剖学私藏，今属哈勒大学。

稍后我须前往诊所就诊，

注射并领取新红药丸以增强免疫力。

我当择颂词体例，以纪念这些怪异的天才。

报纸庆贺新货币成功发行，

死亡率曲线昂扬，万物皆绿。

注：

1. 罗塔·施尔美尔（Lothar Schirmer, *1945）：德国出版家和艺术收藏家。

2. 红药丸：电影《黑客帝国》中的著名桥段。红药丸代表"真相"，引导人们通过镜子穿越到现实；蓝药丸代表"虚幻"，使人们留在程序世界。

3. 梅克尔家族解剖学收藏：18—19 世纪欧洲著名医学遗产，含 3000 余件标本。

4. 畸形学（Missbildungen）：梅克尔开创的畸形胚胎学研究，奠定现代畸形学基础。

5. 第一鳃弓软骨条：即"梅克尔软骨"，发育成中耳听小骨，生物进化论关键证据。

6. 沃尔夫 · 罗伯特 · 格里彭克尔（Wolfgang Robert Griepenkerl, 1810—1868）：19 世纪剧作家，因贫困潦倒而终。

跪祷录

. . .

电视滚动了半个夜晚，
唯缺声轨。我看见碾磨的舌头、
蜥蜴的眼睛，偶有经文跃上屏幕：
《托拉》613 诫、《列王纪》。
某演员扑地，那是脱戏的约伯。
救世主也亲临登场，
一位俊美青年怀着必死之念。
他茫然无措，身后延展着
无尽的沙漠，无人计数沙粒。
行异能的西门，
面对疑窦重重的精英，
他高举手臂，问题被禁止。
此情景似一场艰难达成的妥协。
一位发言人作结语，他绞弄双手，
蓦然又举目展臂，向稠密的暗界
投以温煦微笑。若我有时间，
此刻当跪诵整部《圣经》。

注：

1. 蜥目（Echsenaugen）：《圣经》中恶魔的凝视，《路加福音》10:18 记载撒旦如闪电坠落。

2. 托拉 613 诫：犹太教律法体系。

3. 行异能的西门：《使徒行传》8:9 记载的撒玛利亚术士，试图用金钱购买圣灵权柄。

湖畔渔事

· · · ·

穿过树林，来到湖边，
盲蝾盘踞在太阳光斑上，
我本当折返。
据说白昼最后三小时，
人不可跨越蛇的身体，
否则便会心绞如缚。
然我裤袋里藏有鲤鳞，
此物招财，且今日非周五——
该日捕鱼会引灾入户。
渔人腹中空空前往垂钓，
据说这样会增加收获。
他撒下盐与铜钱入网。
静水不知世事，
欲有所得需要额外帮助。
"当心"，他向我呼告，
"别踏上渔网，
这样会让渔网犯懒"。
渔人用旧网残片缝入新网，

此乃古老习俗，用以迷惑群鱼，

当它们为避开利维坦，

趁暮色上浮时。

注：

　　1. 盲蜓（Blindschleichen）：无足蜥蜴，日耳曼民俗视为土地精魂化身，跨越其躯会招致心悸。

　　2. 鲤鳞：阿尔卑斯山民相信携带鲤鳞可避水厄，周五捕捞视为触犯水神。

　　3. 利维坦：古代传说中象征邪恶的海怪，此处指代深水区未知掠食者，渔民用补丁旧网制造安全假象诱鱼入彀。

非说不可的事

. . . . . .

必须选择迂回的路，

许多回，并非所有，

避免过快到达终点。

终点？

既无时间亦无机会走遍

所有道路，然而这条路

不可避免——它直通

不确定之境。

一只蜗牛超越我前行，

一片蝶、一头驴，

背负散漫概念的背篓，

最后是一只蟾蜍，

应该不会有差错——或否？

过去我不敢口吐宏大词汇：

诸如"精神"与"真理"，

那时我想急切度过此生。

而今每个孩子皆知，

真理之不可言说，

精神已遁迹无踪。

万物盛放，应该已是春日，

每朵田旋花是一个天堂的暗示。

但我也看到积雪坠落山谷，

奔赴消融，一只云雀载着

"成为他者"的愿望，

愈飞愈高，直到永远不见。

此刻请勿惊惶和停留，

否则所有迂回尽付东流。

第三部分
· Chapter 3

桂 冠 诗 人 之 年

第一首

．．．

此刻，在初融的雪泥间

蚁丘重见天日，

这些建筑学的杰作，

除却狐狼爪痕，完好无损。

而蚁群已杳无踪迹。

此刻我们渴慕强大的天使

整饬秩序，如往昔镇守

宇宙四极，以防其飞逝。

天使无骨质的颅腔，

无分隔记忆的仓廪，

不解战争诠释无穷。

他们默然清扫，无畏伤痛，

唯惧神怒——那已不再

拂掠我们的风。但我们尚在人间，

为从山脊上跃升的旭日欢欣，

惊叹河流依重量与体积拣选卵石的严谨，

凝望山坡上被风梳理过的苔藓上的清辉。

诚然，我们冀盼过去的一切

皆如诗人所言，仅是破晓前的暝色。

可否另有"复仇"的代称，

连敌人亦难曲解？我们缺失的

是超越慰藉、信念与诺言的友善话语，

因载录它们的典籍已决意只自我诵读。

我们这些可收买的人类，

在属于自己的时间中留下一道痕迹，

我们怀着杂糅的心绪，称之为"美"。

第二首

. . .

湖面积雪犹存，然气数将尽。

数只小雀跃动，不知掠过的黑影

是属于秃鹫，抑或属于乘风而起的苍鹰。

我未能破译它们的书写，但这是一种文字

或是巴比伦楔文，或是希伯来圣咏，

唯能从高处俯读，非自我伫立的边缘。

我只能满足于鸦语粗犷方言的转译：

战争唯有在叙事中才能被理解。

然而又有何解？当所知甚微时

万物皆似可信。亡者何往？

亡者之嗣何存？往昔暮夜之国

传言应以筛汲井水——恰如其分，

因本然之物永为谜题。

而今，一个更大的阴影

遮蔽了渴求的太阳，是时候

寻访某处屋舍：桌上陶罐

悬垂一滴水珠，无用而美。

行囊已整理停当，

满载谦卑与虔诚期盼，

这些期盼构成了往昔。

那本记录《雨之百科全书》的笔记本呢，

页页狂言又当如何？

门外犬吠彻夜，终得风怜——

将吠声送至世界各地，

直至在所有孤独中被理解。

注：

1.《雨之百科全书》:虚构典籍，影射博尔赫斯《虚构集》
中的"特隆百科全书"，此处将气象学转化为末世隐喻。

第三首

. . .

昔时罗斯，波雅尔坐于粪丘

如约伯言：此即朕之帝国。

彼等巧舌如簧，心窍却闭塞——

这一点从未改变。其时空气中神话弥漫，

月光晦暗，星辰茫然，哀愁无家可归。

人们于林间采集滋养灵魂的词语，

晾晒冲泡。夜晚，狼群穿过村落，

它们对羊群毫无怜悯。

地穴中有修士，饮河而居，

从未撒过谎的双唇在祈祷中翕动不倦，

直至圣言疲惫不堪，

坠落在地，瞬时地裂山崩，

翌日饥馑席卷，和平无处藏身。

人们继续向上帝祈祷

因知之甚少而难以弃信。

老者变得沉默寡言，虔诚双目浑浊，

因为他们身无长物，

便将恶与恨传于后人。

我们从未自诩守护大地者，

已忘屈膝和濯足之礼仪，

任刀刃上血渍风干。

暂且观测云踪，

云朵西驰，并非吉兆。

今日夺我疆土者，

明朝必占领你们的国度。

注：

1. 波雅尔（Bojaren）：基辅罗斯至莫斯科公国时期的世袭贵族，常以粪堆象征权力。

2. 祷词触地导致地震：东正教苦修派认为过度祈祷会扰动地脉。

第四首

• • •

天气转暖、白昼渐长，照片里，

死者愈发清晰——在绿意盎然的风景中。

某具躯体，仿佛从十字架上坠落，

经历了漫长的折磨，双手深陷泥泞。

难以理解，这痉挛的肉身何以容纳，

人类全部历史：嘶吼、静默

与真理的恶魔，终归于混沌的确信——

人非仅是血肉残块，纵使

枪声仍在怒睁的眼中回响。

他们无法阻止死亡。血在地表涸散，

如吸墨纸上的字迹，已触及

牛蒡、蓟草与背景中坚忍的黑刺李。

上帝于 1941 年退位——

这是永远滚动的隐形头条。

着蓝衫系领带之人，欲僭越上帝之位，

由一位双手洁净的正统牧首祝圣，

需要大量鲜血来填满帝国的圣杯。

另一人则将王冠压上发量渐稀的头顶，

宝石用黑色汗液打磨光亮，

那是在美丽仍由人民选出的年代。

晨间阳台出现一具鸟尸，

被猫彻底掏空了脏腑。

我将残躯轻轻裹入

刊载阵亡士兵照片的报纸，跨过

那个坐在教堂门廊多日的流浪汉，

在由苦难、痰唾与顽垢筑起的大教堂门口，

他高声宣告末世的来临，

这位秽物的形而上学者，

得到我每日慷慨的施与。

走到街对面，我将那个脆弱包裹

交付给一个明亮的塑料箱，

它们负责城市的洁净。

是的，这是现实：

为世界的洁净而设的容器，

我们栖居其中，或我们本身即是。

注：

1. 上帝于 1941 年退位：指斯大林格勒保卫战。

第五首

· · ·

我们栽下树，苹果树，古老的品种，

据说源自俄罗斯与高加索的枝脉，

被罗马铁骑挟带迁入西方，

在德意志神圣罗马帝国

酸味崇拜中生根。这些

背负历史的苹果，向阳的一面

终将晕染绯红。

根周须裹上麻袋，以阻挡鼹鼠，

它们自普林尼时代便盲目噬咬

一切障碍。树干须戴上护套，

防止鹿群啮咬幼木。若诸事顺遂，

五年后或可收获首批果实。

往昔的人们渴慕永恒，

我们唯盼见证一枚青果的成形。

乌鸫为新增绿意欢鸣，

如黑色无人机掠过缀满蒲公英的草甸。

飞行伞即将升空，

未来触手可及。伫立孱弱树苗前，

令人心安，幻想若枫树不夺其水脉，

它们可能长成的伟岸。

每枚叶片皆浩瀚百科全书，

单是树干便需耗尽一生阅读。

更兼那些影像，让那些

或长眠于此，或草草掩埋的亡者，

重新鲜活。

蜘蛛在树间织出第一根银丝，

一座颤抖的桥，如此纤细，以致无物涉足：

没有思绪，没有飞鸟，连喋喋自夸战果的

死神亦却步。桥下雏菊与蓝花滋长，

形似紫罗兰却早失其名。

唯有一帧画面挥之不去：

耄耋将帅于五月红场，千枚勋章

将其锁缚椅中，宛如革质木乃伊——

恰是彼等让我尚存此世。

此苹果树名曰"博斯科普"，

再无名号比这更美。

注：

1. 普林尼《自然史》卷十详述鼹鼠盲目掘地习性。

2. 博斯科普：原指南非石器时代的古老民族。

第六首

· · ·

这一年已过半，战争结束的希望亦已破灭。

昨日牧羊人言："我辈年少时，

在战争与和平之间尚有分野，

纵使有人不愿承认。"

如今世界的味道已变，

纵使向日葵佯装一切如常，

你也能看到它们过早地衰老。

至于草地，我更不愿多提。

你可见多伦多林火，它们

如何撕扯天穹之肤？

安全感消逝。曾经人们确信，

每说一句，总有一词残留——

如篱笆绵羊挂住的绒毛，

某个动作、手势或踉跄，

这些近乎虚无之物维系着世界。

而今他们轰炸幼儿园、

学校与医院，因不知

如何不屠杀幼童，而拯救帝国理想。

教皇似欣喜于血迹延至基辅——

古罗斯的心脏。

前路迷茫，线索尽失，

衣衫褴褛的希望在街头游荡。

德国荧屏上，几位衣着华服的老女人轻语：

"大家应该坐下来谈谈。"是啊，

我们正逐渐从彼此的视线中消失。

有些人潜入街道对面的阴影中，以免被窥视。

有些人宣告，门窗将闭锁十载，

待尸臭散尽，灰烬难辨

前院焦骸为何物。

某邻人寄望死后重生，

股市收盘后研读《古兰经》

《启示录》与《以斯拉四书》：

"当深渊枯竭，高处晦暗，

日轮熄灭"，他便毫不掩饰欢欣。

换言之，这个夏天曾经很美。

我和克拉普一同，又一次重读《艾菲》，

日翻一页，泪流满面，几乎要把眼睛哭瞎。

暮色中，瘸腿的莱奥帕尔迪造访，

与我共论重启沙漏的裨益。

当我告知新逝者数量将超新生儿，

他潸然。这些泪水

亦属于这个夏天，

祈愿酷暑早尽……

注：

1. 基辅作为 988 年古罗斯受洗之地，象征东正教文明源头，血迹隐喻当代战争对文明母体的撕裂。

2.《以斯拉四书》:《圣经》次经启示文学，描绘末世天体异象。

3. 克拉普是塞缪尔·贝克特具有自传色彩的独幕剧《克拉普的最后一盘录音带》中的主人公，热爱德国 19 世纪小说家冯塔纳的名著《艾菲·布里斯特》。

4. 莱奥帕尔迪（Giacomo Leopardi, 1798—1837）: 19 世纪著名意大利浪漫主义诗人，体弱多病，跛足。

第七首
—— 纪念 J. B.

· · · ·

一

一切都燃烧着。

周围的一切都在燃烧，

房屋、楼梯、屋顶和地板，

全都被火焰吞噬。

谎言熊熊燃烧，炽烈如火。

海水在燃烧，海洋在燃烧，

甚至浩瀚的寂静也沦为火焰的猎物。

火焰从山上蔓延而下，点燃灌木丛，

连墙上的岩石也在燃烧。

显圣大教堂中迸发出冲天火光。

书卷最末已化作灰烬，

一缕轻烟标示它们曾被摆放和诵读的位置。

议会大厦上方跳动的火苗忽明忽暗，

悲悯早已燃尽，麦穗与豆荚，

一切存在都化为乌有。

倘若所见并非幻觉，

火焰正在舌尖肆虐，

逐字焚毁所有言说。

而我们，宇宙的缩影

正在火焰中化为虚无。

二

七月里我们常去湖畔，

多在暮色降临之时，

只为看对岸的落日如何沉坠。

那轮赤日在坠入图青群峦前，

总会迟滞半息光阴，

犹似临别反悔般徘徊。

日日踟蹰，终究西沉。

七月的椴树虽虫蛀斑驳，

犹自傲立，默然承受

常春藤的暴烈拥抱，

如同承受宿命枷锁的攀附。

黄昏时分，银鳞小鱼破水而出，

激起的涟漪化作粼粼碎语：

然耶和华遣巨鱼噬没约拿，

于是非实相之物亦得以畅行。

肉身渐次通透若水，无我无相，

却难脱形骸桎梏，

皆因灵台早已根系深扎，

缚住这游魂野魄。

三

亲爱的上帝，本不愿叨扰，知你案牍劳形。

但求沛然落雨，涤尽焚世业火。

阿门。

注：

1. 纪念 J.B.：纪念德国诗人尤尔根·贝克（Jürgen Becker, 1932—2024），德国著名诗人，克吕格相识六十年的老友。

第八首

. . .

战争的第二年，蘑菇稀少，

焦土或暴雨轮番凌虐沙地，

木耳蜷缩在雷雨边缘，

牛肝菌在饥渴沙地中石化。

一队迷路的墨伞菌溃散，

灰色头盔布满弹孔，

褶皱羊肚菌向蜗牛裸露伤口，

酸腐的落叶林在高速公路尽头蔓延：

糙头菇衣着光鲜，紫纱菌在黏液中

升起毒雾。它们需要数周完成谋杀，

那时我们已忘却对新时代的信仰。

没有蘑菇可采的夏日午后，

在森林中奔跑依然是一种解放，

没有记忆，没有时间，

也没有意识到在这一刻，

历史正被重写，适配未来。

老树预习死亡时，

引来濒危名录里的胡蜂：

在蜂的国度，唯有工蜂与骄傲女王越冬，

雄蜂在交配后猝死。

年少时我们恐惧的

正是蜂群致命的勤劳。

我们差点就成了理性人，

一切都显得那么合理，

尤其是我们对未来的蓝图。

我们必须学习多种语言，

才能勉强相互理解。

我们相信，当我们相信，

不是上帝，而是魔鬼已死。

我们在后屋研读帕斯卡尔，

直到我们开始怀疑自己，

帮助很多，却没有安慰。

时代转折期已经来临，

报纸开始连载新时代指南。

我穿越森林，终于发现一些板栗蘑，

这些菌类中的冒牌货，

正用赝品般的金黄，

将自己染成牛肝菌的面容。

注：

1. 糙头菇（Raukopf）：鹅膏菌科剧毒真菌，菌盖具丝绒质感。

2. 紫纱菌（Schleierling）：丝盖伞属致幻蘑菇，其毒素延迟发作。

3. 赝品牛肝菌：板栗蘑（Maronen）与牛肝菌外形相似但价值较低。

第九首

. . .

晨光未启，阿特拉斯已卸重负，

世界随之碎裂，众生被尘埃包裹，

窒息于屋宅废墟之下。

此乃关于直立人类的神话终章，

至今仍在此地流传，

生命孕育死亡。

继而达尔纳发生灭世洪水，

没有神灵谕示挪亚以良木造方舟。

堤坝溃决，蓄积的水流奔涌，

与锡德拉湾的咸潮交合。

这一叙事流传千年，

由希罗多德与约瑟夫斯记载，

先以血书，后染墨为章，

随此受难国度的两届政府漂逝，

还有椰枣、石油、藏红花俱湮，

关于亚历山大大帝的记忆亦然。

更南处，士兵们身着崭新熨帖的制服，

立于麦克风前，宣布将自主开采稀土。

怀疑者被罚终生数沙，

或者就地枪决。

地球犹圆之东隅，欲揭

世界苦难面纱者亦遭射杀。

月瞰不见达尔纳，唯沿岸

浊浪调色若水彩佳作：

神罚与人祸的边界晕染

模糊成一种美丽的统一。

环绕地球的巨目无隐不察，

欧陆的空间坍缩，

晨筑矮墙，暮遭夷平。

利维坦大笑践踏余烬残烟。

然而，树莓甘美如昔，

唯黑莓欠奉，更还有

肆意喷洒孢粉的毒菌。

"你们必须明白，我们深爱你们，"

昔年俄兵对米兰·昆德拉曾言，

当时世界一度割裂，

"可惜须以坦克教你们何为爱。"

枫叶犹缀枝头，

数蜂伴装神已扼毙利维坦。

湖上群鸟聚如黑色面纱，

不日将离弃此地与我辈。

注：

1. 阿特拉斯：希腊神话中的擎天泰坦神族。

2. 达尔纳：利比亚古城，曾毁于公元 365 年大地震与海啸。

3. 锡德拉湾：地中海最深入撒哈拉的海湾，古称"死亡之海"。

4. 约瑟夫斯：公元 1 世纪犹太史家，其《犹太战记》记载耶路撒冷陷落。

5. 利维坦：霍布斯《利维坦》中的绝对权力象征。

6. 米兰·昆德拉（Milan Kundera, 1929—2023）：捷克裔法国作家，主要作品有《不能承受的生命之轻》《生活在别处》《小说的艺术》等。

第十首

• • •

约二十年前，考纳斯的比尔格先生尚在，
锡安之子会的创立者，在耶路撒冷，
尚无需为民主上街，因民主犹存——
那个午后，我与南·格雷厄姆、唐·德里罗
及罪犯小说作家沃尔特·莫斯利
同游耶路撒冷老城的亚美尼亚区，
忽有长袍修士列队歌唱如飘帛
将我们温柔环绕，引我们前往弥撒。
永远难忘恐惧如蜕皮般剥离，
圣咏字字皆明。圣雅各主教堂上空
巨大黑鸟盘旋，是黑鹳或硕大椋鸟？
它们以利翅划出癫狂弧线，
将亚美尼亚文字书写于天幕。
"人远非达其所能致，
更非其自诩所知。"
后立于亚美尼亚印刷所庭院，
年迈的主教借壁虎摆弄活字雕版，
写就《梅斯罗普·马什托茨传》注疏，

在耶路撒冷其他地区亦奉为圭臬。

今睹亚美尼亚人眸中哀戚，

他们驱驴自卡拉巴赫黑色花园

迁徙入埃里温的苦难，因历史执意

展露其所能达到的堕落——我不禁思忖：

当战争迈入第三年，尚有何等灾祸未行？

念及亚美尼亚画家

阿尔希勒·戈尔基，其家族陨于

种族灭绝大屠杀，故土在一战炮火中湮灭。

他悟得人类乃唯一畏惧本族类之生灵，

遂改写生平，以他人之名，

成 20 世纪巨匠。然世纪

潜伏其体内，吞噬其脏腑，

距战终仅三载，在美国家中，

悬梁自尽于画作间。

另，我花园中的最后一个苹果，

迟至十一月底方摘。它深藏叶下，

直至秃枝以凄凉的亚美尼亚祷文：

书《诗篇》于雾中：

"耶路撒冷啊，我若将你遗忘，

情愿我的右手枯萎。"

注：

1. 考纳斯：立陶宛旧都，二战期间纳粹在此建立犹太人隔离区。

2. 锡安之子会：19 世纪犹太复国主义先驱组织。

3. 亚美尼亚区：耶路撒冷现存最古老的基督教社区，保存4 世纪建筑遗存。

4. 亚美尼亚文：405 年由圣梅斯罗普创制，现存最完整的基督教文字体系。

5. 亚美尼亚印刷所：1512 年建立的世界首个亚美尼亚语印刷所，曾承印首部亚美尼亚文《圣经》。

6. 梅 斯 罗 普·马 什 托 茨（Mesrop Maschtotz，360—440）：亚美尼亚字母表创造者，被东正教会尊为圣徒。

7. 卡拉巴赫：2020 年阿塞拜疆与亚美尼亚冲突焦点地区。

8. 阿希尔·戈尔基（Arshile Gorky,1904—1948）：亚美尼亚画家，抽象表现主义先驱，其作品《艺术家与母亲》再现二战中的种族灭绝记忆。

9. "耶路撒冷啊，我若将你遗忘，情愿我的右手枯萎。"引自《诗篇》137:5。

第十一首

· · · ·

一年已过，战争仍在掠夺，

可以预见，尸丘日增。骗子、流氓、

无赖、乞丐、暴徒与阴谋家的年份终结否？

暴力螺旋无尽回旋，

恍如布朗库西亲手雕琢。

我们预感自身面目与将临之劫，

转瞬处处皆成战场。众生狂喜于

黑猩猩将扣动扳机，更毋论

榴弹炮般环地飞旋的鸦群。

功勋杀手口衔优美的俄语如匕首——

普希金、果戈理、托尔斯泰的语言。

这是怎样的一年！世界可以承受多少苦难，

直到它弃绝人类，重归宇宙众星之中？

我们仅区分国度：可逃遁的，与亟需逃离的——

那里仍以鲜血印刷，因其价廉，

且比墨色更美。譬如《锡安长老议定书》，

自历史的毒柜中被捞出，于 21 世纪重新登场，

因恶之伟业，尚未成功。

完美无瑕的是世界大战，

其账目现已洁白无垢。待春融雪消，

两载织就的尸布，终难蔽累累白骨。

美丽失去其面容，何奇之有？

此地偶见饿狼遗痕，棕熊亦现身，

在去年的废墟间辟径。唯独我们，

没有伟业值得宣讲。或该提及笨拙的勤勉——

那置身事外的徒劳？我们静候

直到苦难沉淀，如漆黑巨嚎般沉重？

在过去的一年，我们目睹太多，

悼词唯余缄默。

注：

1. 布朗库西（Constantin Brâncuşi, 1876—1957）：现代主义雕塑先驱，其雕塑作品"无尽之柱"以几何重复喻指暴力循环。

2.《锡安长老议定书》：20 世纪初反犹伪书，21 世纪被极右主义重新激活。

第十二首暨最后一首

· · · · · · · · ·

一月，开年。每个清晨都在排演新剧，
确保众生皆有戏份。唯竹林乌鸫
总是作为固定群演在场。
今日预演四月首映的悲剧暴风雨，
光秃枫树执棒，两株垂桦随风起舞，
被冻得瑟瑟颤抖的榛树组成合唱团。
众角色渴盼新戏装加身。
剧作核心诘问由合唱团抛出：
"尚未败者，可否言胜？"
国土荒芜，屋宇倾颓，
未来支离破碎，
良木所筑的教堂唯余灰烬，
证其旧日荣光。然近午时，
天幕骤裂，如同童话所述，
日光乍现，枯干的榛树枝头，
水珠鎏金。有位陌生少年，
瘦削，在场无人识之，
偏离苦痛的无尽长路，自舞台

后方登场，朗诵颂诗一首——

恍若品达误入我们的庭院，

他以阿尔凯奥斯颂诗体献上颂歌，

这是一份过于珍贵的馈赠，

配乐须如古制取自竹韵。

"此合规矩否？"合唱团照例质疑，

终又应允。我倚窗谛听，

深知群鸟终将归巢，

蚂蚁将重新校准时间，

而为悼念死者的默哀时刻，

需延续数年方能行尽。

此即我欲铭记的一月某日。

如这晦暗年月的惯常一日，

留下的，唯有天使——脏袍皱手的矮人们，

他们清扫剧场，为歌者呈上羹汤，

随后按响门铃商榷明日剧目。

我展臂，欢迎这群不速之客。

注：

1. 阿尔凯奥斯颂诗体：古希腊诗人阿尔凯奥斯创造的抒情诗体，每节四行，以严谨格律著称。

译后记

米夏埃尔·克吕格是德国文化界的传奇人物，1943年出生于萨克森州，冷战期间在西柏林长大。中学毕业以后，他没有上大学，而是接受书业培训，二十五岁进入慕尼黑汉泽尔出版社（Hanser Verlag），从文学编辑做起，自1986年起担任社长，直到2013年七十岁退休。可以说，克吕格用毕生精力将汉泽尔出版社打造成了德国最负盛名的人文出版社之一。克吕格作为出版人在德国文化界享有崇高声望和巨大影响力，为表彰他在文化出版推广和文学创作上的成就，他被授予包括联邦德国一等功勋奖章、巴伐利亚最高功勋奖章、马克西米利安勋章等崇高荣誉，并于 2013-2019 年当选为巴伐利亚艺术学院主席。

克吕格同时也是位具有国际影响力的大诗人，自 1976 年发表第一部诗集以来，迄今已经有二十余本诗集问世，获得诸多诗歌奖项，并于 2023 年获得德语桂冠诗人称号。克吕格 2025 年荣获青海湖诗歌节金藏羚羊奖，可谓实至名归。

每次翻译都是一次相遇，译者与诗人的相遇，两种语言、两种文化、两个世界的相遇。很荣幸受吉狄马加老师的邀请，翻译克吕格的诗歌，为我打开了一个新的诗歌世界。邮件联系上克吕格先生时，诗人抱恙，正卧床静养。当他收到来自中国青海的诗歌节邀请时，立即从病床上用手机热情回复："非常荣幸获奖，没有比'金藏羚羊'更适合命名诗歌奖。"在乙巳年春节前夜，我收到了第一组诗，即本部诗集中的第三部分"桂冠诗人之年"。作为德语区首位桂冠诗人，2024 年他受邀每月作诗一首，发表在 SWR（德国西南广播电台）网站上。在中国新春辞旧迎新的爆竹声中，我凝神专注于这组诗的翻译，很快感受到了克吕格诗歌的分量和价值。其深沉强大的内在力量，不容抗拒将我拽入他构筑的诗歌宇宙中，让我想起现代主义德语诗人里尔克一百年前隐居于瑞士杜伊诺城堡时完成的"杜伊诺哀歌"。诗风雄浑冷峻，如棱镜折射出当下欧洲的时代阵痛和个体之哀。翻译这样的诗歌，意味着对于心智的巨大挑战，也带来了无比的欣悦感和成就感。

很快我又收到了诗人 2021 年发表于德国苏尔坎普出版社的诗集《林中木屋》，这是克吕格病重期间隐居于慕尼黑施塔恩贝格湖畔的森林木屋所作。这座与《瓦尔登湖》的作者亨利·戴维·梭罗在瓦尔登湖畔森林的隐居地形成精神共鸣的木质小屋，既是诗人的避难所，更是观察哨——通过舷窗般的书桌，他将病躯的疼痛转化为语言的透镜。在诗篇中，构建起了自然絮语、疾病隐喻与生死哲思的三重赋格。

2025 年春天，我在完成必要的日常工作之后，将大部分时间献给了诗集翻译，由此得以进入克吕格博识广闻、深刻内敛、悲悯细腻的诗歌世界。最后这部诗集共收入 82 首诗歌，分为三部分"林中木屋"、"可言说之物、尚余些许"和"桂冠诗人之年"。

译诗期间，我几次与诗人就翻译细节讨教，大多关于诗歌中出现的人名，有几位是诗人朋友的诨名，无法通过网络搜寻获得信息。每次去信，总是立刻便收到老诗人的回复，并勉励有加。为便于读者理解，我在必要之处加了少量注释，为避免打断读者阅读语感的流畅性，我将注释置于每首诗后。

克吕格曾说："我的使命是告诉人们，一日不读诗，则一日荒废。"祝愿他的座右铭和他的诗歌在中国获得许多知音。

译者　胡蔚

2025 年 4 月